Birgit Vanderbeke

abgehängt

S. Fischer

Gesetzt aus der Korpus Minion
in QuarkXPress 4.11
auf Apple Macintosh im Verlag
Druck und Bindung: Clausen & Bosse, Leck
Printed in Germany 2001
ISBN 3-10-087020-4

Sie sagt immer, daß sie das Abnorme nicht leiden könne, es sei so durchsichtig. Das Normale, sagt sie, sei auf so viel simplere Art kompliziert und deshalb interessant.

Gertrude Stein

Es gibt keinen Sex mehr, die Angst hat ihn ersetzt.

Paul Virilio

Die Ausführung eines Mordes ist etwas ganz anderes als die Kommunikation der abgeschlossenen Handlung »Mord«.

Christoph Deutschmann

Ich hab dich auch gestern gesehen, sagte die Stimme.
Mit wem spreche ich, bitte, sagte ich.
Du Sau, sagte die Stimme, dir werd ichs zeigen.
Ich legte auf.
Es war eine warme, freundliche Männerstimme gewesen.
Simmy saß in ihrem Zimmer und zeichnete die Europakarte.
Ich ging kurz rein, sah mir Europa an und sagte, ich habe das früher immer durchgepaust. Es geht schneller und sieht einfach besser aus.
Sie war an der belgischen Küste und sagte, so gehts aber auch, und ich sagte, wart ab, bis du nach Norwegen kommst, in Norwegen gibts jede Menge Fjorde und Buchten und komplizierte Inselchen und sowas. Ich geh mal kurz auf die Bank.
Sie hob nicht den Kopf.
Sollte das Telefon klingeln, sagte ich, gehst du einfach nicht ran.
Und wenn es dann Bine ist, sagte Simmy.

Die Straße war leer. Die Telefonzelle gegenüber war immer noch demoliert. Alle Häuser taten, als wären die Fenster blind.
Es gibt nichts Normaleres als anonyme Anrufe, dachte ich.

Dieser war nicht der erste gewesen, und obwohl es nichts Normaleres gibt, fing er an, mich zu beunruhigen, weil er nicht der erste gewesen war.

Ich dachte auch an den Abend in Hamburg, und daß ich früher nie an sowas gedacht hatte, aber seit Hamburg jedes Mal, und daß ich es nicht aus dem Kopf kriegte. Dabei war in Hamburg alles mehr oder weniger wie immer gewesen, nur daß ich plötzlich unruhig geworden war.

Im Publikum sitzen so viele, hatte ich gedacht, und du bist ziemlich einzeln gegen die vielen, und wer sagt dir eigentlich, daß die sich das alles so ruhig erzählen lassen, was du ihnen da sagst. Könnte schließlich sein, einer sitzt da drin und hat schon immer mal vorgehabt, jemand abzuknallen. Könnte ja sein, einer sitzt da drin und hat schon immer mal vorgehabt, ausgerechnet dich abzuknallen.

Wenn es etwas gibt, was ich langweilig finde, dann sind das Krimis und Eitelkeit.

Also hatte ich mich über mich selbst geärgert und mit mir geschimpft, weil es natürlich unsinnig ist, daß ausgerechnet mich jemand abknallen sollte. Es hat mich ja dann auch keiner abgeknallt, aber seit Hamburg war ich mir nie mehr ganz sicher, und immer, wenn ich anschließend im Hotel war und die Hotelzimmertür hinter mir zugemacht hatte, merkte ich, wie erleichtert ich war. Seit München schaue ich trotzdem jedesmal ins Hotelbadezimmer und geniere mich vor mir selbst, aber trotzdem bin ich erst beruhigt, wenn das Badezimmer leer ist und keiner sich in der Dusche versteckt hält.

Auf der Bank sind sie inzwischen sehr freundlich, und zum Geburtstag schicken sie Glückwunschkarten, aber zum Glück muß man ja nicht mehr rein, seit sie im Vorraum die Kontoausdrucks- und Überweisungsmaschinen haben.
Manchmal guckt mich einer im Zug aufdringlich neugierig an, und dann gucke ich aus dem Fenster, obwohl ich zuerst immer denke, ich habe irgendwo einen Fleck auf dem Mantel oder irgendwas Komisches an mir. Natürlich haben sie auch früher aufdringlich neugierig geguckt oder sich umgedreht und mir manchmal auch hinterhergepfiffen, aber das machen sie bei allen Frauen, und irgendwann hört das auf. Es hatte auch schon fast aufgehört, als ich um die Vierzig war, und im Grunde war ich sogar ein bißchen beleidigt, daß es aufgehört hatte, weil es sowieso um die Vierzig schwierig genug ist, vierzig zu werden, und wenn sie dann noch aufhören, aufdringlich neugierig zu gucken, wie man das gewohnt ist, ist man ein bißchen beleidigt, auch wenn es einen die ganze Zeit eher geärgert hat, aber ausgerechnet um die Vierzig könnten sie ruhig gucken. Als sie dann wieder anfingen zu gucken, hatte ich mich gerade daran gewöhnt, daß sie nicht mehr gucken, und nun fingen sie wieder an, und ich war irritiert.

In der Post liegen manchmal Briefe mit der Anrede »Sehr verehrte gnädige«, aber sie haben alle einen Absender, und ich schmeiße sie alle weg mitsamt den frankierten und beschrifteten Rückantwortumschlägen und den Karten mit meinem Foto, obwohl die Fotos meistens gut sind. Farbfotos werden einfach noch besser, wenn man sie scannt. Eigentlich komisch. Manchmal sind auch Postkarten dabei, auf denen steht »I hate you«, oder daß ich verrecken soll, und natürlich schmeiße ich die auch weg und mag mir nichts dabei denken, aber es gelingt mir nicht immer, mir nichts dabei zu denken; seit Hamburg gelingt es mir immer weniger, und manchmal sind auf den Postkarten, auf denen ich verrecken soll, keine Briefmarken, weil jemand sie eigenhändig in den Briefkasten geworfen hat, und dann gelingt es mir gar nicht, obwohl es normal ist, solche Postkarten mit der Post oder eigenhändig eingeworfen zu bekommen.

Auf dem Rückweg fing es an zu regnen. Die Einkaufsstraßen sind dann trotzdem voller Leute, aber die anderen waren leer. Jedenfalls waren hinter mir keine Schritte zu hören. Trotzdem hatte ich dieses kalte Gefühl im Rücken, als wenn mich einer von hinten ansehen oder mir folgen würde. In den meisten Fenstern war inzwischen Licht. Ich fand es beruhigend, einfach weil ich es als Kind immer beruhigend gefunden hatte, obwohl ich längst wußte, daß es nicht beruhigend ist.
Als Kind dachte ich, hinter jedem erleuchteten Fenster steht sowas wie ein Weihnachtsbaum, aber schon als Kind wußte ich, wie Weihnachten ist, und war also skeptisch. Trotzdem fand ich erleuchtete Fenster beruhigend.
Ich drehte mich nicht um. Jeder kennt das kalte Gefühl im Rücken, wenn er einen Blick zwischen den Rippen spürt, und was das Gefühl im Rücken betrifft, hatte ich eine Entscheidung getroffen. Üblicherweise möchte man annehmen, entweder man glaubt es, oder man glaubt es nicht. Mit der Zeit

war ich darauf gekommen, daß man es sehr wohl glauben kann, aber um keinen Preis der Welt darf man zugeben, daß man es glaubt.
Wenn man es zugeben würde, wäre es so, als würde man zugeben, daß man daran glaubt, eine Kugel könnte nach oben rollen. Natürlich glaube ich nicht, daß eine Kugel nach oben rollen kann. Ich gebe nur einfach nicht zu, daß ich weiß, sie kann es. Schon wegen Simmy, die sich darauf verläßt, daß ich nicht daran glaube, daß Kugeln nach oben rollen. Darauf und auf ein paar andere Sachen muß sich ein Kind schließlich verlassen können, und ich werde den Teufel tun und mit Simmy darüber sprechen.

Ich drehte mich also nicht um und dachte daran, daß Vira mir vor Jahren einmal eine Sprühflasche gezeigt und mir angeboten hatte, mir auch so eine Flasche zu besorgen. Ich hatte gesagt, daß ich nicht an Sprühflaschen glaube.
Also Karate, hatte Vira gefragt, und es hatte nach Hochachtung geklungen, weil damals Selbstverteidigung in allen Zeitungen stand und im Fernsehen die Frühstücksgymnastik abgelöst hatte.
So was Ähnliches, hatte ich gesagt, um Vira nicht zu enttäuschen. Inzwischen ist Vira auch um die Vierzig, und es ist schade, daß wir uns nicht mehr kennen, weil es mich interessieren würde, ob Vira je in die Lage gekommen ist, die Sprühflasche einmal einsetzen zu können, und ob sie enttäuscht ist, daß nicht.

Im Briefkasten steckte ein Packen Werbung und war aufgeweicht. Die Post hatte ich vorher schon reingeholt.
Simmy war mit Europa fertig.
War was, sagte ich, und sie sagte mit leisem Vorwurf, du hast doch gesagt, ich soll nicht rangehen.
Ich sagte, Bine kann ja auch auf den Anrufbeantworter sprechen.
Hat sie aber nicht, sagte Simmy mit nicht mehr ganz leisem Vorwurf, daß ich sie daran hindere, in Kontakt mit Bine und also der Welt zu sein.
Hat sonst wer, sagte ich, weil ich den Anrufbeantworter nicht selbst ansehen mochte. Ich weiß, daß Anrufbeantworter notwendig sind, ich weiß, daß Meyer-Bromberger mich nicht erreichen kann, wenn ich unterwegs bin, ich weiß, daß Serge mir sonst nicht die Nummer hinterlassen kann, unter der ich ihn bis dreiviertel sechs noch erwischen kann, um ihm auszurichten, daß Rosalie um seinen Rückruf bittet wegen des Festivals in Straßburg, aber ich kann den Anrufbeantworter trotzdem nicht leiden. Nicht, wenn er blinkt, und nicht, wenn er nicht blinkt.
Hat sonst wer, sagte ich statt dessen.
Aufgelegt, sagte Simmy, und ob ich sie die europäischen Mitgliedstaaten und die Hauptstädte abfragen könne. Sie sagte dann Zürich statt Bern und Amsterdam statt Den Haag.
Ich würde gern mal nach Helsinki, warst du schonmal da, sagte sie. Sie ist überzeugt davon, daß ich überall da schon einmal gewesen sein muß, wo die Namen der Städte schön klingen, und als ich sofort ein Geständnis ablege, in Helsinki

war ich noch nicht, zieht sie ein Gesicht, als müsse sie Angst um ihr Taschengeld haben, wenn die Mutter noch nichtmal in Helsinki war. Um mich zu verteidigen, sage ich, Serge, soweit ich weiß, auch nicht. Aber das ist für Simmy was anderes. Im übrigen fällt mir ein, daß Serge in Helsinki war. Am Abend vor Helsinki hatte er angerufen wie immer. Er hatte müde geklungen, und ich hatte gesagt, ist alles in Ordnung. Seit Eddie tot ist, klingt er immer müde nachher, ich klinge auch immer müde und nur ganz selten einmal aufgekratzt, obwohl man natürlich aufgekratzt ist, auch Serge ist aufgekratzt, aber das merkt man erst nach dem Anruf, wenn man allein im Hotelzimmer ist. Er hatte aber müder geklungen als sonst, und deshalb hatte ich gefragt, ist alles in Ordnung, und er hatte meine Sorge herausgehört und gelacht.
Ich glaube nicht, daß irgend etwas in Ordnung ist, wenn einer nicht einmal weiß, was sie für eine gottverdammte Währung in Finnland haben, aber das werden sie mir wohl auf dem Flughafen sagen.
Vermutlich Kronen, sagte ich, da oben haben sie doch alle Kronen, aber so genau weiß ich es auch nicht, und Serge gähnte ins Telefon, morgen abend sollst du es wissen.
Ich bin schon gespannt darauf, sagte ich.
Also war Serge in Helsinki gewesen, aber Simmy interessierte sich schon nicht mehr für Helsinki, weil sie bis auf Bern und Den Haag die Hauptstädte konnte und jetzt zu Bine fahren wollte.
Ich sagte, bevor du bei dem Regen mit dem Rad fährst, ruf lieber erst mal an.

Ich sortierte die Post und dachte, daß ich mich eines Tages von Meyer-Bromberger trennen würde, weil wie immer Serge nicht halb so viel blödsinniges Zeug in der Post hatte wie ich. Serge meint, daß Meyer-Bromberger überhaupt nichts dafür kann, sondern daß ich selbst daran schuld bin, wenn die Leute meinen, mir ihre Schicksale in den Briefkasten tun zu müssen, und ich meine, daß Meyer-Bromberger sie daran hindern müßte, und Meyer-Bromberger meint, daß er sie nicht daran hindern kann, solange meine Adresse nicht aus sämtlichen Telefonverzeichnissen raus ist, und ich verweise Meyer-Bromberger auf den Umstand, daß Serges Adresse schließlich auch in sämtlichen Telefonverzeichnissen zu finden ist und Serge nicht halb so viele Schicksale erhält wie ich, und Meyer-Bromberger sagt, was auch Serge sagt und was soeben auch Simmy gesagt hat, daß das etwas völlig anderes ist, und ich sage, dann will ich eben auch eine Geige, weil ich natürlich neidisch bin. Nicht auf die Geige natürlich, sondern darauf, daß Serge die Sache nicht allein machen muß, weil er die Musiker bei sich hat, und ich habe keine Musiker bei mir, die mich retten könnten, falls was schiefgeht und vor den Schicksalen, die Serge einfach deshalb nicht bekommt, weil Rosalie sie ihm erspart, und nicht etwa deshalb, weil es etwas völlig anderes ist.

Als ich die Post sortiert hatte, war sie schließlich nur halb so tragisch und beinah ganz ohne Schicksal. Ich hatte Lust, Meyer-Bromberger anzurufen und mich für meinen Ausfall zu entschuldigen, aber dann fiel mir ein, daß ich mich tatsächlich eines Tages von ihm trennen könnte.

Das Telefon klingelte. Ich ließ es klingeln, weil ich heute keinen anonymen Anruf mehr wollte, auch wenn anonyme Anrufe noch so normal sind, aber es meldete sich jemand mit einem Nachnamen auf dem Anrufbeantworter, und ich nahm den Hörer auf. Es war ein Mann, der Serge sprechen wollte.

Mein Mann ist nicht da, sagte ich, und der Anrufer zögerte, ob er das, was er Serge sagen wollte, auch mir sagen könnte.

Er fragte, wann kommt er denn wieder, und ich sagte, voraussichtlich Montag früh.

Ob ich ihm Serges Hoteltelefonnummer geben könnte.

Wenn jemand Serge fragt, ob er meine Telefonnummer haben kann, gibt Serge sie ihm jedenfalls nicht, sondern sagt, daß er sehr bedauert, und jedesmal, wenn jemand mich nach Serges Hoteltelefonnummer fragt, denke ich, daß ich es eigentlich auch so machen sollte, aber dann frage ich doch immer, um was handelt es sich, bitte. Der Anrufer überlegte, ob die Sache wichtig wäre oder bis Montag früh warten könnte, und dann entschloß er sich.

Es geht darum, sagte er, Ihr Mann steht, wie Sie wahrscheinlich wissen, mit Herrn Brinckmann wegen der Granstein-Immobilie in Leverkusen in Verbindung, und Herr Brinckmann hat sich an die Immobilienagentur Oliver Campe KG gewandt mit der Bitte, die weiteren Verhandlungen zu übernehmen, da er in dringenden Angelegenheiten kurzfristig –

Hören Sie, sagte ich, mein Mann steht meines Wissens wegen keiner Immobilie mit keinem Herrn Brinckmann nirgendwo in Verbindung, ich fürchte, Sie sind falsch verbunden.

Das dachte ich mir, sagte der Anrufer so gedehnt, daß es mir auffiel. Nun, dann entschuldigen Sie, und einen schönen Abend.

Weil er gesagt hatte, einen schönen Abend, sah ich auf die Uhr, und es war tatsächlich schon Abend, wenngleich kein schöner. Es schüttete gleichmäßig runter, und ich dachte daran, bei Bine anzurufen und Simmy ausrichten zu lassen, daß sie für den Heimweg den Bus nehmen solle. Das Fahrrad könnte sie morgen holen; aber es war klar, daß Simmy mir, statt den Bus zu nehmen, ihrerseits würde ausrichten lassen, ich solle mir bloß keine übertriebenen Sorgen machen, also ließ ich es bleiben, weil übertriebene Sorgen das letzte sind, was Simmy ausstehen kann, seit sie zwölf ist. Statt dessen stellte ich mich ans Fenster und sah dem Regen zu.

Als ich ein Kind war, liebte ich Regen. Wenn es regnete, hatte ich das Gefühl, zu Hause zu sein, lehnte den Kopf oft lange an die kühle Fensterscheibe und schaute in die Laternen, um zu sehen, ob es hoffentlich gleich noch ein bißchen mehr regnen würde, richtig regnen und am liebsten für immer, und irgendwann wurde der Regen dünner und dünner, dann nieselte es nur noch, und ich war enttäuscht.

Im Augenblick war der Regen nur naß, und ich fürchtete, daß die Autofahrer bei Regen noch ungeduldiger und schlechter gelaunt sein würden als sonst nach Feierabend, und ich fürchtete, daß Simmy immer noch nicht daran gedacht hatte, die Glühbirne am Rücklicht zu wechseln, und als ich im Schuhschrank nachsah, ob die Packung mit den Glühbirnchen noch zu wäre, war sie noch zu, während die Schleusen im Himmel von Minute zu Minute weiter aufgedreht wurden. Ich stellte den Computer ab und den Fernseher an und dann sofort wieder aus, weil es in den Lokalnachrichten ein Busunglück gab; der Bus war auf einem Schülerausflug gewesen, und ich wollte nicht wissen, wie es weiterging.

Es ist im Grunde eigenartig, wie man sich selbst austrickst. Wenn ich unterwegs bin, habe ich niemals Angst wegen Simmy, ich weiß nicht einmal, ob es regnet oder nicht regnet, und schon gar nicht, ob sie mit dem Fahrrad unterwegs ist, wenn es regnet, ich weiß gar nichts, außer daß Serge ihr einen Gutenachtkuß von mir gibt und ihr sagt, daß ich später noch anrufe, wenn sie schon längst schön schläft, und wenn ich später anrufe, schläft sie, und Serge sagt, wie der Tag war, wer angerufen hat und daß Simmy schläft. Wenn Serge unterwegs ist, sagt Jolanda, daß Simmy schläft, und ich frage nie, ob sie im Regen Fahrrad gefahren ist, obwohl es bestimmt gelegentlich regnet, während ich weg bin, und Simmy bestimmt Fahrrad gefahren ist; sie haßt es, den Bus zu nehmen, weil es in der Unterführung zur Bushaltestelle so stinkt und die Männer vom Kiosk dort hineinpinkeln und rumpöbeln, und manchmal kotzt einer gegen die Wand, und sie muß sich die Nase zuhalten, wenn sie durch die Unterführung rennt, was sie nach Kräften vermeidet, und bestimmt nimmt sie das Fahrrad auch, wenn Serge oder Jolanda ihr sagen, sie solle lieber den Bus nehmen, und ich denke niemals daran, was ihr dabei passieren kann, aber jetzt, hier am Fenster, denke ich dauernd daran und sehe vor mir, wie die übelgelaunten Autofahrer an ihr vorbeizischen, während sie sich in den Spritzpfützen kaum auf dem Rad halten kann, und das alles ohne Rücklicht und kurz vor halb sieben im dicksten Berufsverkehr.

Die Fensterscheibe war von meiner Stirn schon ganz warm geworden, als mir klar wurde, daß ich es mit Serge im Grunde genauso machte: Tatsächlich hatte ich nicht die geringste Angst um Serge, wenn er weg war, dabei könnte es ihm heute abend ergehen wie mir in Hamburg, und seine Musiker könnten ihn auch nicht retten, wenn einer im Publikum schon immer mal gerne Serge abgeknallt haben würde, und warum sollte eigentlich die Wut von jemand, der mich abknallen will, nicht auch auf Serge knallen wollen, solchen Leuten ist es bekanntlich egal, daß sie nachher ihr Leben im Knast beenden, sie sind fanatisch und wahrscheinlich von der Welt verwirrt, und schließlich muß es ja nicht einmal sein, daß einer Serge abknallen will, er kann ihn ja auch aus Versehen nachts an der Hotelbar zusammenschlagen, einfach weil er ihn verwechselt mit irgend jemandem, zum Beispiel mit diesem Mann, der von Brinckmann das Granstein-Grundstück in Leverkusen kaufen will, vielleicht ist es Brinckmann selbst, der Serge versehentlich an der Hotelbar zusammenschlägt, weil Serges Stellvertreter sich von ihm nicht über den Tisch ziehen lassen will, und ist nicht Brinckmann in dringenden Angelegenheiten kurzfristig. Wenn man in dringenden Angelegenheiten kurzfristig ist, dann doch wohl in einem Hotel. Ich rief an.

Paß auf dich auf, sagte ich. Es klang wahrscheinlich etwas

dringlich und unvermittelt, und Serge war in Eile. Natürlich war er in Eile und noch nicht fertig angezogen, und außerdem rufen wir uns nie vorher an, sondern immer erst anschließend, wenn es vorbei ist, also war er ungeduldig, als ich keinen Grund hatte anzurufen und trotzdem angerufen hatte, und weil ich ihm nicht erzählen wollte, daß Simmy im strömenden Regen und ohne Rücklicht wahrscheinlich von irgendeinem der Millionen Feierabendungeheuer in dieser Stadt angefahren worden war, sagte ich, da hat am späten Nachmittag jemand für dich angerufen wegen eines Grundstücks in Leverkusen.

Und, sagte Serge, und ich sagte, ich habe gesagt, er sei falsch verbunden.

Serge sagte, und deshalb rufst du an. Aber Liebes.

Also sagte ich rasch noch, regnets in Pamplona, aber Serge hatte noch nicht aus dem Fenster geschaut, und unten wartete sein Taxi, das wußte er, auch ohne aus dem Fenster zu schauen, also war er natürlich in Eile.

Paß auf dich auf, sagte ich nochmal und hörte, wie er den Kopf schüttelte. Bis nachher.

Nach Eddies Tod hatte ich gedacht, Serge schafft es nicht, und eine Weile lang sah es auch wirklich so aus. Simmy war noch klein, und solange ein Kind noch klein ist, darf seine Mutter um keinen Preis der Welt Angst haben, also tat ich, als hätte ich keine, aber ich hatte natürlich doch Angst, kleine Angst um Simmy, weil sie klein war und Zähne bekam und manchmal Fieber hatte, und große um Serge, weil ich dachte, er schafft es nicht. Um mich hatte ich keine Angst, weil ich zu der Zeit schon wußte, daß Kugeln nach oben rollen. Sie tun es selten, aber sie tun es. Inzwischen ist Simmy größer, und Serge hat es geschafft. Ich weiß noch immer, daß Kugeln nach oben rollen, aber sie tun es immer seltener, und ich befürchte, daß sie es eines Tages vielleicht gar nicht mehr tun, und wenn ich daran denke, bekomme ich Angst, und es ist die ganze Angst, die ich nicht hatte, als Simmy klein war, weil Angst zu der Zeit etwas anderes war.

Manchmal befürchte ich auch, daß eines Tages alle Kugeln mühelos von unten nach oben rollen, einfach weil irgend jemand, der denkt, daß Kugeln nach oben rollen, sie dazu bringen könnte, es zu tun, und das wäre ein schlimmer Irrtum, weil es dann nicht mehr wichtig wäre, daß Kugeln nach oben rollen, eher sollten sie weiter so tun, als rollten sie nur nach unten, damit man ihnen nicht so leicht dahinterkommt, daß sie auch andersrum können, weil der Himmel die Erde anzieht und die Erde ihm nicht entgeht.

Simmy kam sehr vergnügt an und war beinah gar nicht naß, weil Bines Mutter sie nach Hause gefahren hatte. Gegessen hatte sie auch. Eierkuchen mit Spinat.

Simmy hat eine ganz besondere Art, Eierkuchen mit Spinat so zu betonen, daß sie sich in eine Frage verwandeln: Warum machst du eigentlich niemals Eierkuchen mit Spinat?

Menschen, die in ihrer Kindheit unter fortgesetztem Genuß von Eierkuchen mit Spinat zu leiden hatten, sagte ich, scheinen in ihrem späteren Leben aufgrund eines dunklen Gesetzes damit zu tun zu haben, daß ihre Kinder andauernd Eierkuchen mit Spinat von ihnen verlangen. Aber Simmy hatte nur rhetorisch gefragt und hält ohnedies nichts von Lebensweisheiten, sondern wollte sich die zehn besten Werbespots der Welt im Fernsehen anschauen. Ich schaute mir inzwischen den Fleck an, den meine Stirn auf der Fensterscheibe hinterlassen hatte.

Während der Werbung sagte sie, ich kenne niemanden auf der Welt, der so viel Cola trinkt wie wir, und wir haben noch nie was gewonnen. Ist doch ungerecht, oder.

Ich sagte, was gibts denn zu gewinnen, und sie sagte, wenn du Pech hast, Disneyland.

Das muß ja vielleicht nicht sein, sagte ich, und sie sagte, oder mit dem Hubschrauber durch den Grand Canyon oder, und das Telefon klingelte.

Es klang nicht gut. Normalerweise klingelt das Telefon einfach so, und manchmal erschrickt man, weil man mit einer Sache beschäftigt oder konzentriert ist und nicht mit dem Klingeln rechnet, aber manchmal hört man am Klingeln sofort, daß etwas ungut ist.

Laß es klingeln, sagte ich, aber Simmy war schon dran.

Aufgelegt, sagte sie, legte den Hörer auf und hatte vergessen, was außer Hubschrauber und Grand Canyon man noch gewinnen könnte, weil der Spot inzwischen vorbei war. Als die Nachrichten anfingen, machte sie den Kassettenrekorder an, setzte ihre Kopfhörer auf, holte sich »Harry Potter« und war weg. Ihre Stimme allerdings war von Zeit zu Zeit da, wenn sie eine Passage mitsang und fürchterlich nach oben verzog, weil es leichter ist, halbwegs richtig a cappella zu singen, als mit einem Kopfhörer auf den Ohren.

Kennst du eigentlich »Wie wird man Millionär« oder so, brüllte sie plötzlich.

Ich brüllte zurück, brüll doch nicht so, und sie nahm den Kopfhörer ab.

Kennst du »Wie wird man Millionär«, sagte sie mit ihrer normalen Stimme noch einmal.

Ich sagte, das hast du gerade schon mal gefragt, nein, kenne ich nicht, aber ich kenne den Film, wie man einen Millionär heiratet, kennst du den.

Nein, sagte sie, und ich sagte, er ist mit Marilyn Monroe.

Ähh, sagte Simmy, die.

Kinder mögen es nicht, daß es die Welt schon gab, bevor sie geboren waren. Also erklärte sie mir, wie man Millionär wird.

Du bewirbst dich da einfach, sagte sie, und wenn sie dich nehmen, hast du schon mal so gut wie zehntausend Mark.

Wie das, sagte ich, und Simmy hatte die Sendung bei Bine gesehen und Eierkuchen mit Spinat dazu gegessen und sagte nun, na ja, wo das Weiße Haus steht, wirst du doch wohl wissen.

Vage, sagte ich, und sie überlegte kurz, ob ich mich über sie lustig mache, und dann sagte sie, also, und ich fragte nach den restlichen 990 Tausend.

Läppisch, sagte sie und deutete an, daß jedenfalls sie kein Problem gehabt hätte, heute mal kurz Millionärin geworden zu sein, wenn man sie bloß gelassen hätte, und die Kandidatin in

der Sendung jedenfalls wäre Millionärin geworden, obwohl sie nicht gewußt hatte, daß Ascorbinsäure dasselbe wie Vitamin C ist, aber da hätte ihr jemand geholfen.
Und du also wußtest, daß Ascorbinsäure Vitamin C ist, sagte ich, und Simmy sagte, ich nicht, aber Bines Mutter, und die hätte mir ja helfen können. Oder du?
Ich sagte, du meinst, jemand, der keine Eierkuchen mit Spinat macht, weiß nicht, was Vitamine sind.
Simmy sagte, man weiß ja nie. Ich glaub, ich geh jetzt ins Bett.
Putz dir die Zähne, sagte ich, und sie seufzte.
Ist ja schon gut.

Wenn Serge unterwegs ist, gehört die Zeit zwischen neun und zwölf mir. Wenn ich Glück habe, ist es die Zeit, in der ich genau weiß, daß Kugeln nach oben rollen.
Ich warf einen Blick auf den Schreibtisch, auf dem die Post zuoberst lag, und untendrunter lagen auch noch allerhand Papiere, an die ich jetzt nicht denken mochte, weil sie schon bei Tageslicht einfach bloß lästig waren, und ein angelesenes Buch über Ingrid Bergman, von dem ich mich nicht mehr erinnerte, wie es dahin gekommen war. Wenn ich mich umschaute und die Regale entlangsah, standen und lagen überall Bücher herum, von denen ich mich nicht mehr erinnerte, wie sie dahin gekommen waren. Die meisten waren nicht einmal angelesen wie das über Ingrid Bergman, das ich dann aber nicht ausgelesen hatte, weil die Frau, die es geschrieben hatte, immer Ingrid statt Ingrid Bergman sagte, und wo sie sie schon einmal duzte, erklärte sie ihr rückwirkend und

postum, was sie alles in ihrem Leben und mit der Karriere falsch gemacht hatte und was sie, die Frau, die das Buch geschrieben hatte, niemals falsch machen würde, weil sie wußte, wie alles ging. Vor allem wußte sie, was seit zwanzig Jahren alle Frauen wissen, daß man sich nämlich als Frau nicht wie eine goldene Kuh dürfe melken lassen und das noch mit Liebe verwechseln. Der Satz mit der Kuh und dem Melkenlassen stand auf der Seite, die aufgeschlagen war, das Wort Kuh hatte ich mit Bleistift dick umkringelt, und dem Bleistiftkringel sah ich an, daß mich bei der Kuh die Wut gepackt und die Leselust endgültig verlassen hatte. Ich räumte das Buch weg und überlegte, was ich mit all den anderen Büchern machen sollte, die hier seit einiger Zeit herumstanden und -lagen und in denen es wahrscheinlich von Kühen und anderen Schweinereien nur so wimmelte.
Einmal hatte ich Meyer-Bromberger gefragt, was man mit solchen Büchern machen solle, und er hatte gesagt, Ihre Kollegen tragen sie meistens zum Antiquar, und ich hatte gesagt, aber sie sind noch in Plastikhüllen verpackt und ganz neu.
Nun, hatte er geantwortet, Sie können sie auch als Isoliermaterial verwenden, wenn Sie ein Haus bauen wollen. Bücher isolieren phantastisch. Allerdings brennen sie auch vorzüglich.
Meyer-Bromberger hält mich für beschränkt, und in gewisser Weise muß ich zugeben, daß er recht hat. Von seinem Standpunkt aus hat er natürlich recht; allerdings ist es ein Standpunkt, von dem aus sich Menschen in mehr oder weniger gol-

dene Kühe verwandeln, und je weniger sie golden sind, um so beschränkter müssen sie sein. Schon wegen Meyer-Brombergers Prozenten.

Es ist noch nicht lange her, da gab es hier nur meine Bücher und Serges Bücher, Serges Noten, die Platten und Simmys Zeug, das sich manchmal hierher verläuft und dann nicht wieder zurückfindet in Simmys Zimmer.
Dann passierte dieses Mißverständnis, dieser Irrtum mit dem Erfolg von »Als ob« und später der mit »Sphinx«, und natürlich haben solche Irrtümer trotz allem sehr erfreuliche Folgen, nicht nur für Meyer-Bromberger, sondern für Simmy und Serge und mich, aber eben nicht nur erfreuliche, weil offensichtlich sehr viele Leute sich falsche Vorstellungen machen. Im Grunde ist ein Mißverständnis ja nichts anderes, als daß jemand denkt, er hat etwas über einen blauen Elefanten gelesen, während er in Wirklichkeit etwas über ein grünes Nilpferd gelesen hat, und fortan besteht er auf einem blauen Elefanten, und ein Irrtum ist nichts anderes, als daß jemand denkt, er weiß, wie etwas ist, und wenn es dann anders ist, als er vorher gedacht hat, daß es ist, wird er ungeduldig mit dem, wie es ist, und versucht, es dazu zu bringen, so zu sein, wie er vorher gedacht hat, daß es ist und jetzt immer noch denken möchte, wie es ist, und wenn es viele Leute sind, die sich denken, daß jemand, dessen Foto in Zeitungen gewesen ist, gern von anderen Schicksale erzählt und Bücher geschickt bekommen möchte, dann schicken viele Leute so jemandem Schicksale und Bücher, und der Irrtum ist um so größer, je mehr

Schicksale und Bücher so jemand erhält, der ja im übrigen nicht so jemand ist, sondern bloß er selbst, und dann weiß er nicht, was er machen soll mit den Büchern voller Kühe, die unsere eigenen Bücher bedrängen und wegdrängen und wahrscheinlich anstecken werden, so wie sie mehr und mehr werden und ihr Inhalt sich ungelesen verbreiten kann in unserer Wohnung, ohne daß jemand sie eingeladen hat oder lesen oder rausschmeißen würde, sie sind irrtümlich einfach angekommen, und jetzt sind sie da.
Wenn einer von uns ein Paket aufmacht, und es sind wieder Bücher drin, sagt er, ach bitte nein, nicht schon wieder.

Ich nahm das Buch über Ingrid Bergman und ging damit in die Küche, um es wegzuwerfen. Ich hatte wegen der Nazis noch nie ein Buch weggeworfen, obwohl ich schon manchmal Lust gehabt hatte, aber ich hatte es nie getan, nicht einmal die Unmengen Bücher, die mir Vira vor Jahren geschenkt hat, als sie beschlossen hatte, nicht mehr Christine zu heißen, sondern Vira, weil eine indische Göttin ihr im Traum erschienen war und ihr diesen neuen Namen gegeben hatte, und Vira gab mir anschließend alle Bücher, die sie auf Geheiß der indischen Göttin anschaffte und verbreitete und in denen stand, wie man an Körper und Seele ganzheitlich heilen und gesund werden kann, wenn man es macht, wie die Göttin es einem erklärt. Nicht einmal die hatte ich weggeworfen, obwohl es nichts gewesen wäre, was die Nazis verbrannt hätten, und jetzt finge ich damit an: Das Buch über Ingrid Bergman würde jetzt gleich in den Abfall wandern, und es wäre nicht das letzte, weil schließlich kein Mißverständnis und kein Irrtum und auch nicht die Nazis uns zwingen könnten, unsere Wohnung in ein Bücherlager voller goldener Kühe und Schweine verwandeln zu lassen.

Das Buch war schon im Müll, da erinnerte ich mich, daß es zwei seltene Fotos enthielt, die ich noch nicht gekannt hatte, eines zeigt Ingrid Bergman bei ihrer Ankunft in Rom '49 und eines sie und die Zwillingsbabies drei Jahre später. An den Fotos hatte mich gerührt, daß sie glücklich aussah, viel glücklicher als je in einem Film und viel glücklicher, als die Autorin des Buches je würde aussehen können, von der auch ein Foto hinten drin war, und ich überlegte, was wohl im Abfall wäre und ob die Chance bestünde, das Buch einigermaßen unbesudelt herauszuholen, um die Fotos retten zu können.

Das Telefon traf mich in den Rücken. Es war der Apparat im Flur, und ich dachte zum hundertsten Mal, man sollte den Flurapparat wenigstens nicht so nah an Simmys Zimmer hängen haben. Wenn überhaupt. Für den Fall, daß Simmy schon schliefe, ging ich ran.

Störe ich, sagte Meyer-Bromberger.

Keine Ahnung, was die Leute abends gemacht haben, bevor es das Telefon gab, sagte ich, nein, wie sollten Sie, es ist ja erst kurz vor zehn.

Kurz vor zehn, sagte Meyer-Bromberger, du liebe Zeit, ich wollte um acht hier weg sein. Kurz und gut, ich wollte Ihnen nur rasch sagen, das Skript muß morgen raus. Die wollen mit den Proben anfangen.

Es kann so nicht raus, sagte ich, es ist entsetzlich.

Meyer-Bromberger sagte, Sie hätten es selbst machen können.

Ich wurde müde und war plötzlich sicher, daß Meyer-Bromberger mit dem Anruf bis kurz vor zehn gewartet hatte, weil ich um die Zeit wahrscheinlich müde würde, wenn er sagte, Sie hätten es selbst machen können, schließlich hatten wir das Gespräch schon ein paarmal gehabt, und natürlich sind solche Gespräche auch zu jeder anderen Uhrzeit müde oder zumindest humorlos, weil ich Meyer-Bromberger den langweiligen Umstand erkläre, daß ich es eben nicht selbst machen könnte, denn wenn ich es hätte selbst machen können oder wollen, hätte ich es gemacht, und wenn ich es nicht gemacht habe, dann weil ich es nicht hätte machen können oder wollen, und Meyer-Bromberger nimmt sich zusammen und tut so, als sähe er ein, was ich sage, dabei ist es ihm ganz egal, Hauptsache, es wird gemacht. Wenn Meyer-Bromberger ein Käsebrot ißt, kann man ihm sagen, es ist ein Wurstbrot, und Meyer-Bromberger merkt es nicht, Hauptsache, hinterher hat er das Gefühl, daß er was gegessen hat, es kann sogar eine Currywurst sein, und warum sollte ausgerechnet Meyer-Bromberger verstehen, warum ich glaube, daß etwas so sein muß und nicht anders sein kann, jedenfalls nicht, wenn ich es mache. Er tut, als verstünde er, bloß um mich nicht zu verärgern, denn wenn er mich verärgert, mache ich es vielleicht gar nicht und gebe es nicht aus dem Haus, und er denkt, die blöde Gans, und ich denke, es kommt der Tag, an dem ich mich von ihm trenne, weil er auf einem Standpunkt ist, von dem aus keine Kugel nach oben rollt.

Er wartet am anderen Ende der Leitung, daß ich vor Müdigkeit weich werde und sage, also gut, schicken wir es eben unkorrigiert ab, auch wenn es entsetzlich ist.
Ich sage, ich weiß, daß Sie mich für eine blöde Gans halten, aber da kann ich auch nichts dran ändern. Schließlich steht ja nicht Ihr Name drunter.
Er hält mich nicht für eine blöde Gans, sagt er und redet auf mich ein wie auf einen lahmen Gaul, und schließlich willige ich ein, ihn morgen mittag zu treffen.
Das Buch über Ingrid Bergman ist bloß an den Ecken etwas voll Zigarettenasche und noch zu retten. Als ich es rausnehme, fällt es an der Stelle auf, wo der Kringel um die goldene Kuh ist.
Sobald Serge aus dem Haus ist, haben sich alle Scheren versteckt, und nirgends ist eine zu finden.

Ich legte mir »Blue Heaven« auf und dachte über das Mißverständnis nach, den Irrtum, infolgedessen ich mir heute abend Gedanken über goldene Kühe und deren Gemolkenwerden oder blöde Gänse oder lahme Gäule oder sonstwelche Schweinereien und Skripte machen mußte, und dann vergaß ich die ganze Menagerie, weil »Blue Heaven« auflag und Eddie wieder lebte und ganz vorsichtig anfing zu spielen und mit seiner Geige schon am Anfang ziemlich nah an den Himmel kam, aber noch leise, sehr klar und sehr leise, und dann setzte Serge ein und kam auf die Höhe von Eddie und noch ein paar Sprossen höher an den Himmel ran, und Eddie holte ihn ein, und abwechselnd kletterten sie immer weiter in den

Himmel, und einmal gab Eddie Serge die Hand und holte ihn nach, und dann wieder Serge Eddie, und schließlich waren sie beide sehr weit oben, wo kaum einer mit seiner Geige je hinkommt, und der Himmel war völlig leer, ganz einfach leer, alle Geigen abgehängt, nur die beiden allein, die Erde war weg und vom Himmel aus nicht zu sehen, keine Schwerkraft, keine Ursache, keine Wirkung, kein Mißverständnis, nur kalt war es, daß einem das Blut in den Adern gefror.
Kurz nach »Blue Heaven« war Eddie tot gewesen und Serge plötzlich mit seiner Geige ganz ohne Eddie und also ganz allein da oben, und ich dachte, er schafft es nicht, eine Geige allein, und in den Himmel gespielt, wo der Himmel so leer ist.

Serge dachte auch, er schafft es nicht, obwohl er zu der Zeit die Zeitungen nicht las, in denen sie erst recht nicht glaubten, daß er es schaffen würde nach Eddies Tod, weil Zeitungen an nichts glauben, was in den Himmel reicht, Zeitungen kennen nur den Sturz, und nur der Sturz ist ihnen wichtig, weil Zeitungen das Neue sind, und das Neue kann man nur sein, wenn man das von gestern zum Sturz bringt und wegräumt, damit es Platz macht für das Neue, das morgen weggeräumt werden muß und verschwinden.
Serge rührte eine lange Zeit keine Zeitungen an. Die Geige rührte er auch nicht mehr an. Er dachte darüber nach, was mit Eddie passiert war, wickelte Simmy und sagte, du mußt Geduld haben.
Ich doch nicht, sagte ich.

Manchmal sagte er auch, jetzt bist du erst mal dran.
Dann schrieb ich »Als ob«.

So war das mit dem Mißverständnis und dem Irrtum gekommen, und wenn es einmal zu Mißverständnissen und Irrtümern kommt, kriegt man sie nicht so leicht aus der Welt, weil alles, was man unternimmt, um sie aus der Welt zu kriegen, genau das nicht erreicht, sondern das blanke Gegenteil, aber das wußte ich noch nicht, als ich »Als ob« schrieb, weil Serge gesagt hatte, jetzt bist du erst mal dran, nachdem Eddie tot war und die Zeitungen geschrieben hatten, er sei nach dem Konzert in Stuttgart, bei dem sie unter anderem ihre eigenwillige Version von »Somewhere over the Rainbow« sowie die eigene Komposition »Blue Heaven« gespielt hatten, zuerst mit zwei anderen Musikern noch ins »Maxwell's« und dann gegen drei ins Hotel gegangen, als ob nichts gewesen wäre.
Und dann.
Serge hatte die Nachrufe gelesen und gesagt, was soll das heißen, als ob nichts gewesen wäre.
Dieses »Als ob nichts gewesen wäre« hatte ihn verfolgt, weil er fand, es klänge, als ob es Streit oder Krach gegeben hätte, und es hatte keinen Streit gegeben und auch sonst nichts, was für ein »Als ob nichts gewesen wäre« getaugt hätte, außer daß die Zeitungen vorher eine ganze Weile lang geschrieben hatten, daß Eddie in Kokaingeschichten verwickelt wäre. Eine Menge Musiker waren zu der Zeit in Kokaingeschichten verwickelt, und wenn man jemanden wegräumen wollte, hängte man ihm eine Kokaingeschichte an und wartete ab, was passierte.

Man macht es abwechselnd mal mit Koks und mal mit Sex, aber die Sachen selbst sind im Grunde nicht sehr verschieden, und bei Eddie hatten sie es mit Kokain gemacht und gewartet, was passierte, und weil Zeitungen sehr zur Erde gehören, wissen sie, daß es Ursachen gibt und Wirkungen.
Es hatte weiter Konzerte gegeben, bei denen man nichts von Ursache und Wirkung hören konnte, und schließlich hatte es das Konzert gegeben mit »Somewhere over the Rainbow« und »Blue Heaven« darin, und Eddie war anschließend noch ins »Maxwell's« gegangen und dann ins Hotel, und am nächsten Tag war er tot gewesen.
Als ob einer tot im Hotelzimmer liegt, wenn nichts gewesen wäre, sagte Serge erbittert. Nur war es eben kein Krach gewesen, sondern etwas anderes.
In den Zeitungen stand noch einmal abschließend, daß Eddie in eine Kokaingeschichte verwickelt und zudem ein Besatzungskind gewesen und ohne Vater aufgewachsen war, aber das stand nicht in Zusammenhang mit dem »Als ob« seines Todes, sondern um zu erklären, daß er wegen seines väterlicherseits geerbten Negerbluts eine musikalische Begabung war, obwohl er hier aufgewachsen war und hier lebte, und weil schließlich jeder, der hier lebt, weiß, daß musikalische Begabungen hierzulande in Blechblasorchestern und Volksmusikgruppen versacken, während Eddie auf dem Umweg über seine amerikanische Zeit nicht versackt war, weshalb es die Kokaingeschichte brauchte, um ihn wegzuräumen und zur Legende werden zu lassen.
In einer ziemlich großen Zeitung stand ein Nachruf von Em-

merling, der damals so eine Art Jazzpapst war. Emmerling war eine sonderbare Figur. Eddie und Serge stritten sich manchmal darüber, ob Emmerling Jazzpapst geworden war, obwohl er stocktaub war, das war ungefähr, was Serge glaubte, während Eddie glaubte, daß er Jazzpapst geworden war, weil er stocktaub war. Niemand bestritt jedoch, daß Emmerling stocktaub war, und in seinem Nachruf auf Eddie schrieb Emmerling also, daß Eddie und Serge anachronistische Erscheinungen in der Musikszene wären, weil sie hartnäckig an die Vorzeit des Jazz anknüpften und sich nicht darum kümmerten, daß die Zeit weitergegangen und aus der Vorzeit herausgetreten wäre, und so wie das mit der Vorzeit formuliert war, klang es herablassend und wie Steinzeit; es klang, als wäre es Eddie nur recht geschehen, daß er tot in einem Hotelzimmer gelegen hatte, als sei das die Strafe für unzeitgemäßes Verhalten, Steinzeitverhalten, nachdem inzwischen jegliche Zeit und Geschichtszeit längst um und vorbei war, und es erbitterte mich, diesen Ton über Eddie zu hören. Über Serge natürlich auch, aber Eddie war immerhin tot und konnte sich nicht mehr wehren wie Serge, der voller Ingrimm sagte, wenn Eddie »Hänschenklein« spielte, hast du die Luft angehalten. Das war was anderes als das, was sie heute remixen. Ich hatte Eddie »Hänschenklein« spielen hören, die amerikanische Version sogar noch, bevor ich Eddie kannte, einfach weil Serge durch dieses »Hänschenklein« auf ihn aufmerksam geworden war. Später gab es dann die beiden anderen Versionen, und wer bei diesen Versionen nicht gehört hat, wo Eddie seine Musik hernahm, der mußte von all den Blechblasorchestern und Volksmusikgruppen und Jazzreligionen stocktaub geworden sein oder niemals gehört haben, wie Menuhin Mozart spielt.

Simmy kam aus ihrem Zimmer und hatte Durst.

Hat Serge schon angerufen, fragte sie, und ich sah auf die Uhr. Heute jedenfalls würde keine Kugel nach oben laufen, und ich sagte, noch lange nicht, ich mach dir einen Zauberschlaftrunk.

Aber nicht wieder so einen grünen, sagte Simmy. Übrigens, fügte sie hinzu, weil sie auch merkte, daß ich müde war, Bine hat einen Schmetterling tätowiert.

So einen zum Wiederabziehen, sagte ich, aber Simmy war empört, weil er nicht zum Wiederabziehen, sondern richtig echt war, echt in die Haut tätowiert.

Bevor sie mir die natürliche Schlußfolgerung aus der Tatsache beibringen konnte, daß Bine einen echten Schmetterling tätowiert hatte, sagte ich rasch, wir sprechen morgen über Schmetterlinge, und erfuhr immerhin, daß wir morgen erst um viertel nach acht darüber sprechen würden, weil die erste Stunde ausfallen würde.

Als sie wieder im Bett lag, machte ich mir selbst eine warme Milch, nahm das entsetzliche Skript und fing an, die besonders entsetzlichen Stellen mit Bleistift anzustreichen, um Meyer-Bromberger morgen mittag beweisen zu können, daß ich wußte, warum es entsetzlich war. Die Katze kam aus dem

Schlafzimmer, in dem sie den ganzen Abend geschlafen hatte, und sprang mir auf den Schoß, und schließlich schliefen wir beide, bis um halb zwei das Telefon klingelte.
Serge sagte, ich hab dich geweckt, und ich sagte, wart einen Augenblick, ich geh rüber ins Schlafzimmer und ruf dich zurück, sobald ich im Bett bin.
Sphinx wurde wütend, weil ich sie vom Schoß runterwarf, ich sagte zu beiden, ich muß auf der Stelle ins Bett. Dann suchte ich Serges Hotelzimmertelefonnummer, die irgendwo auf dem Schreibtisch begraben lag, kam aber damit nicht durch, und schließlich hatte ich die Rezeption an der Leitung, hinter der ein Nachtdienst zunächst seinen Schlaf gegen elfmal Klingeln verteidigt hatte und danach kein Englisch konnte. Ich buchstabierte den Namen und versuchte ihn spanisch klingen zu lassen, und schließlich war es zwei Uhr nachts, als Serge sagte, du weißt doch, in Spanien fangen sie um Mitternacht erst mit dem Essen an.
Hatte ich ganz vergessen, sagte ich, was gabs. Ist alles in Ordnung gewesen?
Inzwischen regnete es auch in Pamplona, das Konzert war in Ordnung gewesen, nur daß Serge irgendwann Ärger mit Joana kriegen würde.
Wenn sie nicht diese Stimme hätte, sagte er.
Joana hat eine Stimme wie Ella. Nur was sie damit macht.
Ich sagte, wars wieder so arg.
Ach, wie immer, sagte Serge. Die gewöhnliche Publikumshure. Applaus. Übrigens, was war das für ein Anruf vorhin mit Grundstück und Leverkusen.

Ich schätze, jemand hat sich verwählt, sagte ich. Irgendein Immobilienmakler.
Bißchen viel verwählt in letzter Zeit, sagte Serge, und woher hatte er unsere Nummer.
Den Namen auch, sagte ich, und vorher noch ein anonymer Anruf, aber nichts weiter Aufregendes dabei.
Obszön, fragte er.
Wenn du »du Sau« obszön findest, dann schon, sagte ich, und Serge war beruhigt.
Nach dem letzten Mißverständnis und Irrtum, dessen Folgen jetzt als Theaterskript auf dem Sessel lagen, hatte jemand etliche Male angerufen und gesagt, er würde unsere Katze massakrieren, und ich hatte jedesmal aufgelegt, wenn er das sagte, aber Serge hatte ihn einmal gefragt, wie er sich das im einzelnen dächte, und sich von vorne bis hinten genau angehört, wie der Mann die Katze massakrieren würde. Schließlich hatte er aufgelegt und gesagt, wußtest du übrigens, daß Nachrichtensprecherinnen jeden Tag massenhaft Drohbriefe kriegen.
Ich bin keine Nachrichtensprecherin, hatte ich gesagt, ich habe bloß ein paar Bücher geschrieben, und jeder weiß, daß Bücher vollkommen harmlos sind, Nachrichten dagegen sind keineswegs harmlos, auch wenn die Nachrichtensprecherinnen nichts für die Nachrichten können, die sie sprechen, und unsere Katze kann schon gar nichts für irgendwas.
Jedenfalls war offensichtlich »du Sau« harmlos gegen die Art, wie der Anrufer Sphinx zu massakrieren gedroht hatte, und ich war froh, daß Serge mir die Einzelheiten erspart hatte und

jetzt beruhigt war wegen der Sau, und weil niemand massakriert werden sollte.
Er sagte, wenigstens hatte er keinerlei Phantasie, und ich sagte, in diesem Fall solltest du mit der nächsten Maschine kommen und schleunigst deine Familie beschützen.
Serge lachte und sagte, da irrst du gewaltig.
Als wir auf die Uhr sahen, war es halb drei, und die gute Nacht, die wir uns wünschten, würde ziemlich kurz sein.

Als Kind habe ich oft, wenn ich nachts wach wurde, an all die Leute gedacht, die jetzt auch wach wären, und habe mir gewünscht, sie alle zu versammeln, weil ich mir vorstellte, daß sie durch das Wachsein alle etwas Gemeinsames hätten. Manchmal habe ich mir auch gewünscht, alles, woran sie denken, während sie wach liegen, sehen zu können, aber später wußte ich, daß das mit schlaflosen Gemeinsamkeiten so wenig stimmt wie mit den meisten anderen, und ich dachte auch, lieber nicht so viel Unglück und Panik und Furcht und Neid und Rachsucht und was sonst noch Schlimmes auf einem Haufen.
Jetzt dachte ich, wenn es halb drei ist, hast du immer noch fünf Stunden Schlaf, und als ich gerade mit den fünf Stunden Schlaf anfangen wollte, fiel mir ein, daß die freundliche Stimme am Telefon nicht nur »du Sau« gesagt hatte, aber ich wußte nicht mehr, was sie danach noch gesagt hatte, nur daß es eine Formulierung war, die nicht ausschloß, daß Phantasie dahintersteckte. Ich weiß nicht, seit wann das so ist, aber seit ein paar Jahren kommt mir vor, daß die Leute ziemlich häufig

Phantasie haben und dazu einsetzen, anderen Leuten einen Schreck oder Angst einzujagen oder andere Leute überhaupt zu jagen, und wenn einem jemand einen Schreck einjagt, weiß man nie so genau, ob die Phantasie an der Stelle dann aufhört und sich mit dem Schreckeinjagen begnügt, oder ob sie noch weiter will, und sobald ich das gedacht hatte, merkte ich, wie ich horchte, ob die Straße Geräusche machte, aber sie machte nur die üblichen leisen Nachts-um-halb-drei-Geräusche, und einmal quietschte ein Reifen, und ich mochte mir nicht vorstellen, daß jemand seine Phantasie dazu benutzt, nachts still auf der Straße zu stehen, selbst wenn er mir einen Schreck einjagen wollte, denn wenn einer seine Phantasie dazu benutzen will, kann sie ihm auch sagen, daß es reicht, wenn er am nächsten Tag damit anfängt und jetzt zunächst erst mal schäft, was ich auch jetzt tun wollte, aber dann überlegte ich noch kurz, wie ich morgen Simmy die Sache mit dem Schmetterling ausreden könnte, weil sie sich mit Sicherheit nicht auf die Abziehbildchen einlassen würde, wenn Bine tatsächlich echt und richtig tätowiert war, und ich hielt es nicht für ausgeschlossen, daß Bine tatsächlich tätowiert war, weil sogar bei uns um die Ecke ein Tätowierladen aufgemacht hatte, und bei uns um die Ecke ist sonst nicht viel mehr als eine chemische Reinigung, ein uralter Damenfriseur und ein Papierwarenladen, und in der Einkaufsstraße hat schon vor einem Jahr einer eröffnet und ist jeden Tag überfüllt.

Wir hatten schon einmal ein Gespräch darüber gehabt, und es würde nicht leicht werden, jetzt noch eines zu führen, denn das vorige hatte so geendet, daß Simmy gesagt hatte, immer wenn dir was nicht gefällt, kommst du mir mit den Nazis und mit dem Hitler.

Ich hatte gesagt, ich komme dir nicht mit den Nazis und dem Hitler, ich sage dir nur, warum Tätowieren nicht geht.

Simmy hatte gesagt, und wieso darf ich wegen etwas, was fünfzig Jahre her ist, nicht machen, was alle dürfen, und ich hatte gesagt, weil man sich nicht einfach abhängen kann von dem, was vor einem war, nicht einmal, wenn es war, bevor eine Simmy geboren wurde, nicht einmal, wenn es einer Simmy so vorkommt, als wenn das die Steinzeit gewesen wäre, aber Simmy hatte gesagt, du bist doch sonst nicht so, weil ich ihr nach einigen Verhandlungen erlaubt hatte, ein paar Schuhe zu kaufen, mit denen sie gut einen halben Meter größer ist als die übliche Simmy, obwohl ich sicher war, sie wird sich darin die Knöchel brechen.

Ich beschloß, Simmy in der Schmetterlingsfrage an Jolanda zu verweisen. Jolanda sprach nicht darüber, aber von Eddie wußten wir, daß er seinen Großvater nicht gekannt hatte, und sicher wußte Jolanda, daß wir wußten, daß ihr Vater nicht einfach tot und gestorben, sondern tätowiert und vernichtet worden war. Jolanda hatte uns nach Eddies Tod stillschweigend und selbstverständlich als so etwas wie ihre Familie angenommen und schien davon auszugehen, daß wir alles darüber wußten, und mehr oder weniger stimmte das auch, weil Serge und Eddie niemals zusammen so hätten spielen können, wie sie zum Beispiel »Blue Heaven« spielten, wenn sie nicht gewußt und darüber gesprochen hätten, daß die Erde dem Himmel nicht entgeht, und das schien Jolanda auch zu

wissen, ohne daß sie mit uns je darüber gesprochen hätte, und es war eine Art Trost. Ich fühlte mich mit der Zeit als ihre Schwiegertochter, und Simmy vergaß zwischendurch, daß sie nicht Jolandas Enkelkind war, sondern irgendwo Großeltern hatte, die sie nicht kannte und die deshalb auch nicht vorkamen in ihrem Leben.
Im Einschlafen beschloß ich, morgen nicht zu vergessen, daß ich sowieso Jolanda anrufen wollte, um zu hören, ob sie gut aus Bad Stelen zurückgekommen wäre.

Beim Frühstück fragte ich Simmy noch einmal nach Bern und Den Haag, und wir kamen nicht mehr auf die Schmetterlinge, weil uns gerade noch rechtzeitig einfiel, daß wir beinah Simmys Rad vergessen hätten, das noch bei Bine stand, und dann wurde alles eilig, weil ich so eingeparkt war, daß ich dachte, ich komme nicht raus, und als ich den Wagen schließlich rausmanövriert hatte, fuhr vor uns der Müllwagen, blockierte die ganze Straße, hielt an jedem Haus und dachte nicht daran, in eine Einfahrt zu fahren und uns vorbeizulassen.

Schließlich war ich wieder zurück und machte den Computer an, um zu sehen, ob es Post gab, und um meinerseits Post zu beantworten.
Wenn Serge da ist, sagt er, sobald ich den Computer anmache, ah, deine morgendliche Schreibtischhygiene, um sich über mich lustig zu machen und weil er weiß, daß ich nicht an Hygiene glaube, und ich sage dann maulig, ich will eine Geige oder wenigstens Rosalie, die mir das Zeug erledigt. Serge sagt,

hast du noch immer nicht begriffen, daß sich die meiste Post von selber erledigt, indem man sie einfach liegenläßt. Wahrscheinlich, sage ich und fange mit der Erledigung an. Es gab eine Nachricht aus dem Steuerbüro und eine von jemand, den ich nicht kannte. Wenn Serge da ist, frage ich ihn in so einem Fall, ob er den Absender kennt, und wenn er ihn auch nicht kennt, muß ich sie gar nicht erst lesen, dann wird sie gelöscht und weg. Aber weil Serge nicht da war, las ich sie doch. Es war eine Werbenachricht, nicht einmal ungeschickt als persönliche Mitteilung verkleidet, aber es war trotzdem Werbung für irgendwelche Spiele, die man sich auf die Festplatte laden konnte, und ich löschte sie blitzschnell, weil solche Nachrichten mindestens so ansteckend sein können wie ungebetene Bücher, sie können sich rasant und scheußlich ausbreiten, und dann überfluten sie den ganzen Computer und stecken alles an, was in dem Computer drin ist, der Computer gerät durcheinander, kann sich nichts mehr merken, kriegt nichts mehr zusammen, und zuletzt vergißt er alles, was man gearbeitet hat, sämtliche Dateien, Adressen, Termine werden aufgefressen und schließlich auch noch sein eignes Programm, und alles, was man in den Computer hineingetan hat, ist mehr oder weniger futsch, meistens mehr. Den Computer kann man anschließend neu programmieren, und man hat tagelang allein schon mit dem Neuprogrammieren zu tun, und natürlich kommt nichts mehr wieder, was der Computer einmal vergißt.

Kaum war ich in der Arbeit, klingelte das Telefon. Nach zweimal Klingeln schaltete es um, und es kam ein Fax von einem Leistungskurs II der Oberstufe in X, der »Als ob« gelesen und ein paar Fragen hat und sich im voraus bedankt, daß ich sie beantworte. Die Fragen sind nach Punkten sortiert. Punkt eins, ob ich bei der Hauptfigur des Jänk an Eddie gedacht hätte, und wenn ja, Punkt zwei, warum ich nicht klipp und klar sagen würde, daß Eddie sich umgebracht hat, wo er doch a) eine unglückliche Kindheit gehabt hat, b) in den siebziger Jahren lange nur im Ausland war und c) insbesondere nach seiner amerikanischen Zeit hierzulande nicht mehr so recht heimisch wurde und musikalisch den Anschluß verpaßt hatte, weswegen er sich d) in Kokaingeschichten verwickelte. Es folgten noch ein paar Angebote für Eddies vermutete Todesart, sauber gegliedert in Punkt zwei e), f) und g), und sodann fragte der Leistungskurs II unter Punkt drei, ob mir der Aufsatz »Das Blaue vom Himmel herunter« des Musiksoziologen Jost Emmerling (in: Das Ende der Utopien, Bd. 3: Jazz, Hamburg 1991, S. 261f.) bekannt sei und wie ich den Umstand bewerte, daß dort Eddies Geige als unerträgliche Kitschfiddel bezeichnet wird, die in einen Vorortzirkus gehöre, nicht aber in die Jazzgeschichte, vor allem nicht in die Geschichte der Avantgarde. Punkt vier äußert die Befürchtung, daß, und fragt mich, ob ich womöglich befangen sei und Punkt drei daher vielleicht nicht unvoreingenommen und objektiv beantworten könne, da nach Informationen des Leistungskurses II Eddie seine wichtigsten späten Titel zusammen mit Serge gespielt habe, der ihres Wissens mein Le-

bensgefährte, also der Lebensgefährte der Autorin des Buchs über Eddie sei, und wie, Punkt fünf, denn mein Lebensgefährte diese Tatsache bewerte und wie er dazu stehe.
Ich las Punkt fünf mehrmals, ohne herauszufinden, um welche Tatsache sich die Frage drehte.

Immer wenn eine Schulklasse etwas wissen will, muß ich an Simmy denken, und dann fällt mir ein, daß Jugendliche eigentlich selten etwas wissen wollen, man muß ihnen alles, was sie eventuell wissen wollen könnten, vorsichtig aus der Nase ziehen, so vorsichtig, daß sie nicht merken, daß man ihnen etwas erzählen will. Sobald sie merken, daß man ihnen etwas erzählen will, was in irgendeiner Wirklichkeit vor ihrer Zeit passiert ist oder nicht gerade mit den neuesten Labels und Clips und Spots oder Plateausohlenmarken zu tun hat, sind sie gleich angeödet, genauso angeödet, wie sie sind, wenn man von ihnen etwas erzählt kriegen will. Nicht daß Simmy nichts erzählen würde, sie erzählt sogar manchmal wie ein Wasserfall, man darf sie nur nach nichts fragen, und wenn ich sage, ich mag es gern, was gefragt zu werden, sagt sie, ist ja schon gut, und ich ahne, wieso Männer Frauen um die Vierzig nicht mehr aufdringlich neugierig anschauen. Deshalb freut es mich, wenn Schulklassen etwas fragen, weil ich denke, sie wollen es wirklich wissen, also bin ich vielleicht doch noch nicht ganz so steinalt.
Ich weiß natürlich, daß sie es nicht wirklich wissen wollen, sondern nur deshalb fragen, weil die Lehrer es ihnen nahelegen, aber ich tue so, als ob ich das nicht wüßte, und be-

antwortе alles, was Schulklassen wissen wollen, meistens sofort, weil ich nie weiß, wann dort, wo ihre Schulen sind, die Arbeiten geschrieben werden müssen und danach die Ferien anfangen, und dann ist ja jede Antwort längst zu spät und veraltet.

Als ich ein Kind war, taten mir die Autoren von traurigen Büchern furchtbar leid, weil ich dachte, sie schreiben ihre eigenen Geschichten, und »Als ob« ist vermutlich ein trauriges Buch, jedenfalls finden das viele, die es gelesen haben, während ich finde, daß es stellenweise auch ziemlich lustig ist. Serge und Jolanda finden das auch, aber weil alle denken, daß Jänk Eddie ist, und weil die Zeitungen geschrieben hatten, daß Eddie in eine Kokaingeschichte verwickelt gewesen wäre, und weil er dann tot im Hotelzimmer gelegen hatte und infolge seines Todes und der Kokaingeschichte so eine Art Legende geworden ist, ist es eben für die meisten ein für allemal ein trauriges Buch, und für die, die es stellenweise auch lustig finden, ist es wegen der lustigen Stellen anstößig.
Deshalb findet Meyer-Bromberger es auch ein gutes Buch und hat seinerzeit alles dafür getan, um die Leute auf die Idee zu bringen, daß Jänk Eddie sei, weil er weiß, daß es nur die Anstößigkeiten sind, mit denen man Erfolg hat in der Kunst. Egal, was du machst, sagt Meyer-Bromberger, Hauptsache, es ist shocking, Hauptsache, du fällst auf.
Einmal habe ich gesagt, das ist eine Weisheit aus dem letzten Jahrhundert, weil Meyer-Bromberger es nicht leiden kann, wenn ich ihm das letzte Jahrhundert anhänge, während er

täglich damit beschäftigt ist, eine Kuh, die gerade weggeräumt worden ist, durch eine neue goldene zu ersetzen und sich selbst an die Spitze der neuesten Bewegung zu setzen, und er hat es nicht gern gehört, daß sie im letzten Jahrhundert schon fanden, Hauptsache, es ist shocking, weil letztes Jahrhundert die Zeitungen erfunden worden waren und der Schock, und er mag nichts von Oscar Wilde hören, sondern weiß einfach: was seine Prozente sind, so kommt bei einem anstößigen Erfolg natürlich mehr heraus als bei einem traurigen Mißerfolg, weshalb er auch besorgt war, daß »Als ob« womöglich nicht genug Anstoß erregen würde, und nachhalf, wo er nur konnte. So wie er nachhalf, hätte ich mich damals schon von ihm trennen sollen, aber er paßte auf, daß ich nicht so viel davon merkte, während er nachhalf, und also kam die Nachhilfe später erst raus, und das ganze Ausmaß an Nachhilfe ist mir erst zufällig und vor kurzem klargeworden, und eines Tages werde ich ihn danach fragen, weil ich mich ja nicht von ihm trennen kann, solange er nicht weiß, daß ich weiß, in welchem Ausmaß er nachgeholfen hat, um »Als ob« zu einem anstößigen Erfolg zu machen, und schließlich muß man jedem, von dem man sich trennen will, die Chance geben, sich irgendwie aus der Geschichte herauszulügen.
Wie dem auch sei: als das Buch Anstoß erregte, war das Mißverständnis schon da, aber inzwischen weiß ich, es wäre auch dagewesen, wenn Meyer-Bromberger nicht nachgeholfen hätte und es wegen seiner Traurigkeit keinen Anstoß erregt hätte, einfach weil das Mißverständnis, ob nun mit oder ohne Meyer-Bromberger, schon vorher da war und immer da

ist und gar nicht zu vermeiden sein kann, solange der Himmel die Erde nicht anzieht und man sich auf der Erde befindet, wo es Ursachen und Wirkungen und daher Mißverständnisse und Irrtümer gibt, aber das wußte ich damals noch nicht, weil ich Serge kannte und Eddie gekannt hatte, und es war sonderbarerweise gar nicht leicht, es herauszufinden, aber seit ich es weiß, denke ich, ich schreibe eines Tages das Buch nochmal.

Als ich mit Punkt eins fertig war und über Punkt zwei nachdachte, rief Jolanda an und war gut aus Bad Stelen zurückgekommen. Sie erzählte von Anwendungen und Bekanntschaften und Ausflügen in den Frankenwald, die sie unternommen hatte, als ihr die Anwendungen und Bekanntschaften lästig geworden waren, dann lachte sie und sagte, also circa nach einer Woche, und ich lachte auch und sagte dann streng, also statt der Kur mit dem Leihwagen durch die Landschaft, und Jolanda sagte wegwerfend, weißt du, im Grunde sind Erschöpfungszustände nur ein anderes Wort für November.
Ich sagte, ich bewundere dich.
Mal bloß nicht, sagte Jolanda.
Ich ruf dich gleich zurück, sagte ich, es hat an der Tür geklingelt.
Jolanda sagte, laß nur, ich hatte vor, heute abend rüberzukommen, wenn es euch paßt.
Es paßt wunderbar, sagte ich, ich freu mich.

Nur keine Ungeduld, sagte ich zur Tür, als es beim zweiten Mal sturmklingelte, aber dann war es ein Bote von einem Paketservice, der ein Paket abzuliefern hatte, und Boten sind ungeduldig und müssen ungeduldig sein, weil sie den ganzen Tag unter Müllwagen und sonstigen Hindernissen und Verzögerungen zu leiden haben und Ärger bekommen, wenn sie ihre Pakete nicht in der zugesicherten Zeit zustellen können, weil dann die Konkurrenz die Aufträge alle ergattert, und sie werden entlassen, und bis die Konkurrenz auch merkt, daß sie bei den vielen Aufträgen nicht pünktlich zustellen kann, ist es zu spät für sie. Also nahm ich das Paket und gab dem Boten fünf Mark, damit er wenigstens etwas zum Sparen hätte, für wenn er dann arbeitslos würde. Immerhin war er mit dem Auto unterwegs und nicht mit dem Fahrrad bei diesem Wetter.

Serge war während des Studiums als Fahrradbote bei einem Siebziger-Jahre-Service beschäftigt gewesen, und immer wenn er von diesem Siebziger-Jahre-Service mit seinem Siebziger-Jahre-Unternehmer sprach, wurden seine Augen vor Wut ganz dunkel. Ich nehme an, daß sich infolge der dunklen Augen von Serge inzwischen die Fahrradboten der ganzen Stadt um die Aufträge an unsere Adresse drängeln, weil ich nicht anders kann, als ihnen nach dem, was Serge von dem Siebziger-Jahre-Unternehmer erzählt hat, zehn Mark Trinkgeld zu geben, als Schmerzensgeld sozusagen.

Dieselben Leute, sagte Serge, die dich zwei Jahre vorher schräg von oben angesehen hatten, weil du ins Konservatorium gegangen bist, statt die Arbeiterklasse zum Generalstreik gegen die Studienreform aufzurufen –, und zwei Jahre später halten dieselben Leute dir einen Vortrag über Dienstleistungsunternehmen als Wirtschaftsform des nächsten Jahrtausends und wissen genau, welcher Anzug zu einem Dienstleistungsunternehmer paßt und daß vor allem sie jetzt der Boß sind, und dann sehen sie dich wieder schräg von oben an, weil du so blöd bist, weiter ins Konservatorium zu gehen, statt das Studium auf den Müll zu schmeißen, weil jetzt Dienstleistung dran ist, und zwar mit Volldampf, das heißt, mit Volldampf am Schreibtisch und Telefon. Am Fahrrad gabs immer noch nur die Pedale.

Wie sich herausstellte, war das Paket keine fünf Mark wert, aber die fünf Mark waren ja auch nicht für das Paket, sondern als Rücklage für die künftige Arbeitslosigkeit des Boten gedacht gewesen, also ärgerte ich mich nicht, daß ich jetzt nicht wußte, wohin mit den fünfzehn Büchern, die ich nicht würde lesen können, weil ich sie zwar in gewisser Weise selbst geschrieben hatte, aber nicht fünfzehnmal auf slowakisch, sondern bloß einmal auf deutsch.
Sieh dir bloß all diese Bücher an, sagte ich zur Katze, die wachgeworden war und mir um die Beine schlich, daran bist du schuld.
Sphinx tat so, als verstünde sie, was ich sagte, weil sie hoffte, daß sie dann was zu fressen kriegt.
Du bist ein korruptes Luder, sagte ich, du hast gar nichts mit meiner Sphinx zu tun. Meine Sphinx ist nicht so korrupt wie du.

Die Sphinx auf den slowakischen Büchern war wunderschön und sehr böse. Die Illustrationen in dem Andersen-Märchenbuch, das ich als Kind gehabt hatte und das inzwischen Simmy hat, waren auch so schön gewesen, viel schöner als die Andersen-Märchen selbst, obwohl die »Wilden Schwäne« vielleicht doch so schön sind wie die Illustrationen, und ich erinnerte mich daran, daß das Buch in Prag entstanden war und der Zeichner ein Tschechoslowake war, aber als ich nachsehen wollte, ob es derselbe Zeichner wäre, der vielleicht inzwischen nicht mehr nur schöne Zeichnungen machte, sondern zugleich auch böse, fand ich das Buch nicht; nicht bei uns und nicht in Simmys Zimmer. Ich dachte, das ist vierzig Jahre her, aber es könnte ja immerhin sein, und merkte mir, daß ich Simmy nach dem Buch fragen wollte.

Ich las nochmal, was ich dem Leistungskurs II auf Punkt eins geantwortet hatte, löschte es und schrieb es neu, weil die Frage, ob Jänk Eddie sei, am Beispiel von »Sphinx« leichter zu verstehen ist, obwohl »Sphinx« der Umkehrfall von Jänk und Eddie ist.

Jeder, der Sphinx kennt, also unsere wirkliche Sphinx, sieht auf den ersten Blick, daß sie nichts mit der Sphinx aus dem Buch zu tun hat, genausowenig wie die Sphinx aus dem Buch mit der Sphinx in dem entsetzlichen Theaterskript, die aus irgendeinem dunklen Grund in eine Nazi-Uniform und in Nazi-Stiefel gesteckt werden soll.

Serge, als ich ihm von dem Skript erzählte, sagte, am Theater stecken sie doch alles in Nazi-Uniformen.

Ich sagte, wann warst du das letzte Mal im Theater, weil wir beide nie ins Theater gehen. Serge sagt, im Theater wimmelt es nur so von gewöhnlichen Publikumshuren, und auch wenn sie es ganz verschieden machen, bringen sie es doch fertig, die Kugeln selbst dann nach unten rollen zu lassen, wenn sie im Stück nach oben wollen, und also wunderte ich mich, woher Serge das mit den Uniformen wußte. Er sagte, ich schau im Hotelzimmer manchmal das Nachtprogramm, und immer wenn es Theater ist, spielt es in Uniform und immer mit Nazi-Stiefeln.

Stimmt, sagte ich, als mir das Nachtprogramm mit den Theaterstücken einfiel, nur hatte ich mich nicht mehr daran erinnert, weil ich sofort wegzappe, wenn auf dem Bildschirm ein Theaterstück mit Nazi-Uniform auftaucht, und meine Sphinx hat nichts mit den Uniformen zu schaffen, im Gegenteil, denn es ist ja klar, daß ein Wesen, das faucht, sobald jemand in seiner Umgebung auftaucht, der Leichen im Keller hat, nicht unbedingt in Uniform und Nazi-Stiefel gehört oder in einen russischen Militärmantel, aber vielleicht stecken sie am Theater einfach deshalb alles in diese Uniformen, weil sie davon eine Menge im Fundus haben, Nazi-Uniformen und inzwischen auch mengenhaft russische Militärmäntel und -mützen, und so hat es vielleicht keinen dunklen Grund, warum sie meine Sphinx in eine Nazi-Uniform und in Nazi-Stiefel stecken wollen, sondern nur einen praktischen, weil jemand, der ein Theaterskript nach einem Buch verfaßt, sich natürlich nicht daran halten kann, wie es im Buch ist, sondern daran halten muß, wie es im Fundus aussieht, und der

Fundus kann ja nicht für jedes Stück, das nach einem Buch verfaßt ist, jeweils neue Kostüme anschaffen, weil das viel zu teuer würde, wo die Stücke sowieso schon die Kosten nicht einspielen. Trotz Uniform und trotz Nachtprogramm.
Die Sphinx in dem Buch ist der Sphinx auf dem slowakischen Buchdeckel jedenfalls ähnlicher als unserer oder der Theater-Sphinx. Unsere Sphinx ist gefräßig, faul und korrupt. Die Sphinx in meinem Buch dagegen ist unbestechlich, wach und nervös und faucht jeden an, der Leichen im Keller hat und so tut, als ob er keine Leichen im Keller hätte. Unsere Sphinx würde das niemals tun, aber die Geschichte ist eben eine Geschichte, und ich habe sie eigentlich nur erfunden, weil Simmy einmal zugehört hatte, wie Serge und ich uns darüber unterhielten, daß Meyer-Bromberger möglicherweise etliche Leichen im Keller hätte, nicht so viele wie Emmerling, dem wir sehr viele Leichen im Keller zutrauen, aber doch auch etliche. Simmy war damals noch keine sieben und verstand das mit den Leichen im Keller wörtlich, und fortan hatte sie Angst davor, daß in unserem Keller etwa auch Leichen liegen könnten.
Serge hatte gesagt, erstens haben wir keine Leichen im Keller und zweitens keine Lust, uns welche anzuschaffen, auch wenn es hier und da einer sonderbar und empfindlich finden mag, daß es manchen Leuten etwas ausmacht, über einem Keller mit Leichen zu schlafen.
Natürlich hatte Simmy das geglaubt, weil sie alles glaubt, was ihr Vater sagt, aber trotzdem hatte sie deshalb noch nicht verstanden, warum bei manchen Leuten Leichen im Keller lie-

gen, wenngleich nicht bei allen, aber eben bei manchen und vielleicht sogar etliche bei Meyer-Bromberger, der für Simmy nicht so aussieht, als habe er Leichen im Keller, weil sie sich unter Leichen was Blutiges aus den Fernseh-Vorschauen vorstellt, die sie gruselig findet, und Meyer-Bromberger weiß zwar vermutlich nicht, daß es Currywurst ist, was er gerade gegessen hat, aber niemals hätte er Ketchup oder sonstwas Gruseliges auf der Krawatte. Simmy hatte gesagt, wie soll ich denn wissen, bei wem nun die Leichen liegen, und ganz heimlich, bei sich, war sie immer noch wegen unseres eigenen Kellers etwas beunruhigt, weil Plessen & Reitz und die anderen bei uns im Haus auch Keller haben, in denen vielleicht ein paar Leichen liegen, und Simmy ging fortan nicht mehr gern hinunter, sondern stellte ihr Fahrrad eine Weile lang hinters Haus. Als das Fahrrad dann logischerweise geklaut worden war, dachte ich, ich sollte ihr die Sache mit den Leichen im Keller etwas genauer erklären, damit sie sich wieder hineintraut und damit nicht das nächste Fahrrad gleich wieder geklaut wird und die Sache dann anfängt, teuer zu werden, weil ihr schon zwei Fahrräder geklaut worden waren, wenngleich nicht bei uns, sondern eins vor dem Kino und vor Jahren einmal eins sogar aus dem Kinderladen, wo zwar eigentlich Fahrräder nicht geklaut werden sollten, aber man kann es sich nicht aussuchen. Den Keller kann man sich als halbwegs klaufreien Ort aussuchen, um sein Fahrrad dort abzustellen, nur mußte ich Simmy davon überzeugen, daß keine Leichen drin waren, und da fiel mir ein, daß ich es über Sphinx machen könnte. Das einzige, womit man Simmy von irgendwas

überzeugen kann, sind erfundene Geschichten, in denen Plateausohlenschuhe oder Cola-Werbung oder unsere Katze vorkommen und so tun, als wären sie wirklich.
Ich sagte, Katzen können es den Leuten ansehen, ob sie Leichen im Keller haben oder nicht.
Sphinx auch, fragte Simmy.
Sphinx auch, sagte ich, auch wenn sie nicht so tut, sie gibt nicht so gern damit an.
Und ein paar Tage danach schrieb ich die Geschichte von der Katze, die erkennen kann, ob jemand Leichen im Keller hat, es war erst eine Kindergeschichte für Simmy, damit sie ihr neues Fahrrad wieder in den Keller stellen würde. Aber dann wollte die Geschichte keine Ruhe geben, sondern ein richtiges Buch werden, nachdem mir das Ausmaß des Problems mit den Leichen im Keller richtig aufgegangen war, und schließlich hieß das Buch dann »Sphinx« und hat mit unserer Sphinx sehr wenig zu tun, obwohl sie scheinbar drin vorkommt.

An dieser Stelle fiel mir ein, daß der Leistungskurs II höchstwahrscheinlich das Katzenbuch nicht gelesen hatte und daß ich ihn, wenn ich die Sache mit Jänk und Eddie durch Sphinx zu erklären versuchte, dazu nötigen würde, ein Buch zu lesen. Wenn es etwas gibt, was ich nicht ausstehen kann, dann ist das Nötigung, und ich sah förmlich vor mir, wie der Leistungskurs II stöhnen und die Augen verdrehen würde, sobald ihm klar geworden wäre, daß er ein Buch würde lesen müssen, um die Sache mit Jänk und Eddie zu verstehen, weil der Lehrer in der nächsten Klausur eine Erörterung verlangen würde. Überhaupt fand ich den Lehrer, der den Leistungskurs seinerseits genötigt hatte, mir diese Fragen zu stellen, in sogar mehrfacher Hinsicht lästig, weil er die Schüler zu einer Erörterung zwingen würde, die auf den ersten Blick unstatthaft ist, weil ein Lehrer wenigstens wissen sollte, daß ein Jänk auf Papier nicht Eddie sein kann, weder tot noch lebendig, jeder Lehrer sollte wissen, daß überhaupt nichts, was auf dem Papier steht, etwas Lebendiges ist, und dieser Lehrer war mir besonders unsympathisch, weil er als Vorarbeit für das unstatthafte Thema seiner Klausur auch noch die Schüler zu Heuchelei gezwungen hatte, denn kein Leistungskurs der Welt würde freiwillig darüber nachdenken, ob Jänk Eddie ist.

Eddie kommt in der Welt der Leistungskurse nicht vor, und es gibt keinen Grund, warum Jänk einem Leistungskurs aufgenötigt werden sollte, in dessen Welt Eddie nicht vorkommt, denn Jänk ist zwar keineswegs Eddie, was ja schon aus dem Titel hervorgeht, der schließlich nicht »Jänk« heißt oder am Ende gar »Eddie«, sondern »Als ob«, aber sowohl Jänk als auch Eddie sind für Leistungskurse nicht einfach nur tot; sie sind toter als tot, nämlich so tot, als habe es sie im richtigen Leben niemals gegeben, inexistent, einfach weil sie, als sie lebten, beziehungsweise als Eddie lebte, denn Jänk hat niemals gelebt, nicht Techno waren, und weil die Techno-Schüler zu der Zeit, als Eddie lebte, noch Kinderfernsehen geguckt haben, in dem irgendwelche Krümelmonster oder pädagogische Mäuse vorkamen, aber kein Eddie.

In gewisser Weise hatte Eddie nicht nur an der steinzeitalten Idee des Bebop festgehalten, als sie den Bebop hierzulande schon weggeräumt hatten, sondern er hatte schon längst ein Gefühl für den Rap gehabt, weil es zu der Zeit, als Eddie in Amerika war, den Rap in seinen Anfängen schon gab, und später hat er es Eric und Mike zu vermitteln versucht, weil Rap nichts für seine Geige war, aber womöglich für Rhythmusgitarren, und Queeny ist schließlich zum Rap gekommen, längst nachdem Eddie und sein Gefühl für den Rap tot waren, was aber kein Grund für einen Techno-Leistungskurs ist, sich damit zu befassen, weil Rap eben Rap ist, und Techno ist Techno, und beide haben für einen Techno-Leistungskurs nichts miteinander zu schaffen, weil hierzulande jegliche musikalische Begabung in Blechblasorchestern und Volksmusikgruppen versackt ist, während andernlands nicht nur Rap, sondern auch Techno längst angefangen und Namen hatten, als der heutige Techno-Leistungkurs noch nicht einmal Krümelmonster im Kinderfernsehen guckte und folglich nichts von der ehemaligen Existenz von Risset oder Terry Riley weiß, Ferrari für eine Automarke hält und mit Eddie nun sowieso gar nichts verbindet, weil Eddie nicht Techno war, selbst wenn man in jedem Ton hören konnte, daß er den Rap verstand, bevor es den Rap hierzulande gab und bevor der Rap hierzulande wegen Techno verschwand und vergessen wurde.

Und nun sollte ausgerechnet dieser Leistungskurs Interesse für Eddies Musik heucheln, damit ich Fragen über eine für den Leistungskurs inexistente Person beantworte, die ich

nicht beantworten kann, weil ich sie in »Als ob« beantwortet hätte, wenn ich gekonnt hätte.
Ich kam zu einem Schluß: Da der Leistungskurs nicht im geringsten an der Frage interessiert sein konnte, ob Jänk Eddie ist, mußte es wohl oder übel der Lehrer sein, den das beschäftigte, und in diesem Fall fand ich den Lehrer noch etwas unangenehmer, weil er mir, wenn ihn die Antworten denn interessierten, seine Fragen selbst hätte stellen sollen, anstatt seine Schüler dazu zu mißbrauchen.
Im übrigen hatten inzwischen Hunderte von Leuten die Frage gestellt, und obwohl es eine sinnlose Frage ist, was jeder sofort merkt, der einmal darüber nachgedacht hat, kostet es offensichtlich keinen besonderen Mut, sie zu stellen, ebensowenig wie es Mut kostet, mir die Frage zu stellen, ob Eddie sich umgebracht hat, und wenn ja, warum, obwohl ich ein ganzes Buch darüber geschrieben habe, daß ich nicht weiß, ob Jänk sich umgebracht hat, und daß ich, wenn ich es wüßte, nicht davon sprechen würde, weil es in den Bereich von Ursache und Wirkung gehört, in dem es scheint, als sei der Himmel abgehängt.
Ich habe mich schon oft gewundert, daß die Leute überhaupt etwas darüber wissen wollten, ob und, wenn ja, warum Eddie sich umgebracht hat, weil nicht nur Emmerling in seinem Aufsatz »Das Blaue vom Himmel herunter« Eddies Geige und also Eddie selbst beschimpft hatte, sondern sehr viele Leute sich ziemlich boshaft ausdrückten, wenn sie von Eddie sprachen, und ich hätte niemals gedacht, daß er so bald nach seinem Tod plötzlich anfangen würde, jemand zu sein, wo er

doch durch seinen Tod erst kürzlich aufgehört hatte, jemand zu sein, aber Serge sagt, daß es dich zwar ruinieren kann, wenn die Zeitungen schreiben, du seist in Kokaingeschichten verwickelt, aber sobald du tot bist, wirst du davon zur Legende.
Mir kam vor, als ob der Brief an den Leistungskurs II in seine schwierige Phase trat, nachdem ich den Lehrer als den eigentlichen Fragesteller erkannt hatte, der mir seine Fragen zudem noch mit unlauteren Mitteln auf dem Umweg über Unschuldige unterjubelt, damit ich sie auch tatsächlich beantworte.
Ich löschte also die Antwort auf Punkt eins und fing von vorne an, bis ich merkte, daß mein Ton ungehalten und scharf wurde, weil ich nicht mehr an den Leistungskurs schrieb und nicht mehr an Simmy dachte, sondern an eine erwachsene Person, deren Feigheit und Unfähigkeit Grund für eine Dienstaufsichtsbeschwerde sein müßten, und schließlich gab ich auf, weil ich keine Lust hatte, jemand zurechtzuweisen.
Ich sagte zu dem Fax des Leistungskurses II, du gehörst zu denen, die sich selbst erledigen, und beantwortete statt dessen die Fragen des Steuerbüros, die sich aller Voraussicht nach nicht von selbst erledigen würden, sondern eher mich erledigen würden, weil das Steuerbüro in der Regel Dinge wissen will, von denen ich mich nicht erinnern kann, in welchem Aktenordner sie verschwunden sind, und die die Eigenschaft haben, unfindbar darin verschwunden zu bleiben und auch nicht mehr wieder aufzutauchen wie etwa die Scheren in unserem Haushalt, die sich allesamt wieder einfinden, sobald Serge da ist.

Ich saß also auf dem Fußboden zwischen etlichen Ordnern, als das Telefon klingelte, und um das Klingeln abzustellen, nahm ich gedankenlos den Hörer ab.

Die Kleine ist in der Schule, sagte die Stimme.
Es war die Stimme von gestern, und ich legte sofort auf, aber gleich darauf klingelte es nochmal, und ich ging ran, weil ich dachte, es ist leichter, ranzugehen und dann sofort wieder aufzulegen, als sich das auf dem Anrufbeantworter anhören zu müssen.
Dir zeig ichs, du Dreckstück, sagte die Stimme.
Es ist eigenartig, daß eine Stimme so warm und freundlich klingen kann, während der dazugehörige Mensch etwas Unfreundliches und Gemeines sagt. Ich weiß natürlich, daß es so ist, aber ich möchte es lieber nicht glauben.
Ich legte auf und nahm den Hörer wieder ab, damit es nicht noch einmal klingeln könnte.
Es war viertel nach elf, und Simmy war tatsächlich noch in der Schule. Nach der Schule würde sie bei Saskia essen und dort ihre Schularbeiten machen, und morgen würde Saskia bei uns essen, und Simmy würde staunen, daß ihre Mutter Eierkuchen mit Spinat kann.
Als ich dachte, daß ich morgen Eierkuchen mit Spinat machen würde, war die Angst schon da.
Als Kind hatte ich mich immer gewundert, daß Angst von hinten kommt, man spürt sie zuerst wie einen Blick im Rücken, nur daß einem von einem Blick im Rücken nicht kalt wird, und bei Angst und Entsetzen wird einem furchtbar kalt,

und obwohl einem kalt wird, kriegt man nasse Hände und muß sofort ins Bad oder in die Küche, um sich die Hände mit kaltem Wasser zu waschen; der Unterschied zwischen Angst und Entsetzen ist, daß Entsetzen von vorn kommt, während die Angst den Rücken hoch ins Genick schleicht und einen im Genick eiskalt festhält, und ich mußte außerdem überlegen, was ich anziehen würde, um Meyer-Bromberger heute beim Mittagessen wenigstens so zu beeindrucken, daß er mich nicht für komplett beschränkt halten kann, und die Haare sollte ich auch rasch noch waschen, während Simmy in der Schule ist und ich morgen Eierkuchen mit Spinat machen werde, damit alles ist, als könnte Simmy nichts passieren, weil Eierkuchen und Spinat in eine Kindheit gehören, ob man sie mag oder nicht, und sogar in Eddies Kindheit wird es Eierkuchen mit Spinat gegeben haben, obwohl Jolanda niemals Eierkuchen mit Spinat macht, wenn sie bei Simmy ist und Serge und ich unterwegs sind, um auf der Bühne womöglich von jemand, der verständlicherweise an der Welt verwirrt ist, erschossen zu werden und nachher gegen Mitternacht in Restaurants zu sitzen, in denen es vorwiegend keine Eierkuchen, sondern Räucherlachs und Avocadocreme gibt, während Jolanda aufpaßt, daß Simmy schön schläft, und wahrscheinlich macht Jolanda nur deshalb keine Eierkuchen mit Spinat für Simmy, weil ich ihr erzählt habe, daß ich Eierkuchen mit Spinat seit meiner Kindheit hasse, die deshalb noch nicht unglücklicher war als andere Kindheiten, jede Kindheit ist auf ihre Weise unglücklich, aber unglücklicher als Eddies bestimmt, weil Eddie natürlich unglücklich war, wenn sie ihn in der Schule den Sarotti und ein Carepaket nannten, aber Eddie hatte Jolanda und eine kleine weiße Geige, die sein Vater ihm geschickt hat, als er fünf war, und manchmal ist Eddie glücklich gewesen, wie er auch mit Queeny glücklich war, weil Eddie schon mit fünf wußte, daß eine Kugel nach oben rollen kann, auch wenn sie es selten tut, und ich weiß es erst, seit ich Serge und Eddie kenne, aber das kann ich dem Lehrer eines Leistungskurses II nicht sagen. Es geht ihn auch gar nichts an.

Wenn man Angst hat, ist es furchtbar anstrengend zu denken. Denken ist etwas, das in der Zeit passiert, während Angst alle Zeit aufsaugt, alles, was vor- und zurückliegt, also ist Angst eigentlich das Gegenteil von Denken, obwohl man sogar besonders viel denkt, wenn man Angst hat. Bloß denkt man alles durcheinander und alles unsortiert, synchron, simultan; deshalb ist es kein Denken, das man in Punkt eins, Punkt zwei (a), Punkt zwei (b) und so weiter bis Punkt vier unterteilen kann, um dann eine Erörterung zu schreiben, die genauso gegliedert ist, weil man selbst in der Mitte von vorher und nachher sitzt, während man, wenn man Angst hat, überhaupt nicht mehr in der Mitte von Zeit sitzt, sondern alles Vorher und Nachher und Jetzt fällt über einem zusammen und denkt, und man ist es nicht selbst, der denkt, weil man nur selbst denken kann, wenn man die Angst irgendwie wieder loswerden kann.

Ich versuchte also zu denken, um die Angst loszuwerden und weil ich mich umziehen sollte, aber alles, was ich zuwege brachte, war äußerst beunruhigend. Mir fiel ein, daß ich eine

Fernsehsendung gesehen hatte, in der sie untersucht hatten, warum Leute Exhibitionisten werden oder anonyme Anrufer oder Amokläufer, die auf irgendwelche Dächer klettern und in der Gegend herumballern, und natürlich sind anonyme Anrufe normal, aber ich erinnerte mich daran, daß sie in der Fernsehsendung gesagt hatten, meistens wählt der Anrufer irgendeine zufällige Nummer, weil er ein spontanes Bedürfnis hat, irgend etwas Pornographisches oder Beleidigendes zu sagen und dann womöglich eine Reaktion darauf zu erhalten, Empörung oder so, und das Beste sei es, einfach aufzulegen, weil der andere dann frustriert sei und die Nummer, die er gewählt hatte, sowieso schon wieder vergessen hätte. In der Sendung hatten sie gesagt, es käme nur sehr selten vor, daß jemand mit Absicht und Vorsatz eine bestimmte Nummer mehrmals wählt, weil anonyme Anrufer natürlich wüßten, daß in solchen Fällen Fangschaltungen eingerichtet werden können, und dann sei die Anonymität schließlich hin und mit ihr das großartige Gefühl von Macht, das der Anrufer hätte, wenn er jemanden mit Obszönität und Beleidigungen erschreckt oder ihm mit Drohungen Angst einjagt.

Das war kein guter Gedanke, um die Angst loszuwerden, die inzwischen nicht mehr durch Denken loszuwerden war, sondern am besten durch Etwas-Tun.
Ich beschloß, Saskias Mutter anzurufen und sie zu bitten, ob sie die Kinder von der Schule abholen könnte, aber mir fiel Saskias Nachname nicht ein, ich war mir nicht einmal sicher, ob ich ihn je gewußt hatte. In Simmys Zimmer tobte das üb-

liche Simmy-Chaos, und wenn Simmy irgendwo eine Telefonliste besaß, dann wäre sie frühestens nach Schulschluß zu finden, mein Essen mit Meyer-Bromberger wäre verpaßt, und Simmy wäre sauer, daß ihre Mutter sie bespitzelt und dabei eine Menge Dinge entdeckt hat, von denen Simmy nicht möchte, daß ich sie entdecke, weil sie zuversichtlich glaubt, daß ich mich aufregen würde, wenn ich sie beim Besitz eines Lippenstifts ertappe, der nach Himbeeren schmeckt, sowie eines violetten Lidschattenpuders und irgendwelcher Glitzerpartikel, die sie gelegentlich vergißt, aus den Haaren zu bürsten, wenn sie von der Schlittschuhbahn heimkommt, und keinesfalls möchte ich Simmy diesen Glauben nehmen, weil Simmy dieser Glaube offensichtlich wichtig ist und sie glücklich vor sich hin gedeiht, solange der Lippenstift ein Geheimnis ist und niemand die Glitzerpartikel sieht oder das bläulich verschmierte Auge.

Meyer-Bromberger saß im »Nagasaki«, sah auf die Uhr, als ich reinkam, und hatte schon zwanzig Minuten gewartet, weil ich mit der U-Bahn gefahren war, anstatt das Auto zu nehmen und noch später zu kommen, weil ich in der Stadt um die Uhrzeit keinen Parkplatz gefunden hätte. Ich sah auch auf die Uhr, um zu sehen, ob Simmy schon Schulschluß hätte, was natürlich keinen Sinn machte, da ich schließlich mit Meyer-Bromberger im »Nagasaki« saß und zum etlichsten Mal nicht verstand, wie man auf die Idee kommen kann, ein Restaurant »Nagasaki« zu nennen, und ich würde frühestens gegen fünf erfahren, ob Simmy gut von der Schule zu Saskia und von

Saskia nach Hause gekommen wäre, eher später. Dann sagte ich mir, er hat ja nicht gesagt, daß er es Simmy zeigen will, sondern mir.

Im »Nagasaki« sitzt man an einer Theke, auf der Theke läuft ein Fließband, und auf dem Fließband stehen Sushis in kleinen farbigen Schiffchen und rollen an einem vorbei, man nimmt sich immer eins runter, und hinterher geht man mit den Schiffchen zur Kasse, wo sie nach Farben sortiert und zusammengezählt werden, und ich weiß nicht viel von Japan, aber mir kommt vor, als ob sie da nicht so gern sprechen, jedenfalls nicht in der Öffentlichkeit, weil man nicht gut nebeneinander sitzen und zugleich miteinander sprechen kann, aber aus irgendeinem Grund gehört es neuerdings zum guten Ton, ins »Nagasaki« zu gehen, dort nebeneinander an der Fließbandtheke zu sitzen und folglich nicht so gut miteinander sprechen zu können.

Um Meyer-Bromberger zu ärgern, sagte ich, wissen Sie, woran man erkennt, ob jemand aus Ost- oder Westdeutschland kommt.

Meyer-Bromberger wußte es nicht, und ich hatte plötzlich keine Lust mehr, es ihm zu sagen, weil es eigentlich gar nicht so lustig, sondern im Gegenteil traurig ist.

Auf der gegenüberliegenden Seite der Fließbandtheke saßen zwei Japaner und aßen mit gesenkten Köpfen stumm und ernsthaft und in einer solchen Geschwindigkeit, daß ich dachte, sie leisten Schwerarbeit, und links neben mir erklärte ein junger Mann seiner Freundin, wie man die Stäbchen hält, weil es noch nicht lange zum guten Ton gehört, ins »Nagasaki« zu gehen und dort mit Stäbchen zu essen, also mußte er ihr die Stäbchen erklären, und die Stäbchen waren ein guter Vorwand für einen jungen Mann, der wußte, daß es neuerdings zum guten Ton gehört, jungen kosmopolitischen Analphabetinnen von diversen Fernreisen zu berichten, über die weltweit grauenvollen Zustände auf den diversen Flughäfen zu klagen und von diversen Hotels zu schwärmen, in denen ein junger Mann mit diversen wichtigen Leuten diverse Verhandlungen über diverse Technologien des 21. Jahrhunderts geführt und die wichtigen Leute regelmäßig über den Tisch gezogen hat.

Die junge Frau war von der Weltläufigkeit des jungen Mannes beeindruckt, kleckerte unverdrossen mit Reis und Sojasoße herum, duftete penetrant nach »Amazone« und kicherte den balzenden Angeber an, wie sich das aus biologischen Gründen gehört.

Rechts saß Meyer-Bromberger, der immer genau dort sitzt, wo man im Augenblick zu sitzen hat. Nachdem heraus war, daß man neuerdings im »Nagasaki« zu sitzen hat, hatte Meyer-Bromberger unverzüglich das »Kardamom« aufgegeben und war zum »Nagasaki« übergelaufen, obwohl er vorher überzeugt davon war, daß die Mezzeplatte im »Kardamom«, gefolgt von Couscous mit einem Stubenküken darauf sowie Karotten-Halwa zum Nachtisch, im Grunde das einzige sei, was ein kultivierter Mensch zu sich nehmen könnte, und genau wie Meyer-Bromberger hatten es viele Anhänger dieses Menüs gemacht mit der Folge, daß man heute weit und breit keine Mezzeplatte, keinen Couscous und kein Karotten-Halwa bekommt, weil das »Kardamom« logischerweise abgestürzt ist, pleite machte und weggeräumt wurde, nachdem seine Gäste zu den farbigen Schiffchen übergelaufen waren, die spätestens dann auf der Stelle sinken würden, wenn jemand von dem Zustand des Meeres, aus dem die Fische im »Nagasaki« stammten, auf die Eßbarkeit derselben einen Schluß ziehen würde und alsbald die Gesundheitsbedenken einsetzen, die Warnung vor Hepatitis infolge eines »Nagasaki«-Besuchs in der Zeitung erscheinen, die Kundschaft in Aufregung geraten und die Schiffchen eilig verlassen würden.

Meyer-Bromberger war noch nicht so weit, weil offenbar noch nichts davon in der Zeitung gestanden hatte; übergangsweise erklärte er mir, daß grüner Tee aus Vitaminen bestünde, und schaute mich an, als ob ich nicht wüßte, was Vitamine sind.

Ich sagte ihm, daß mich nach der Sache mit dem Spinat, den ich in meiner Kindheit dauernd essen mußte, weil sie sich in puncto Vitamine um eine Kommastelle verrechnet hatten, Vitamine nur noch theoretisch interessierten.

Darauf wußte Meyer-Bromberger, daß grüner Tee in der Krebsprophylaxe Wunder wirkt, und weil das im Augenblick in jeder Zeitung und jeder Apotheke und jeder Drogerie stand, sagte ich, wie stehen Sie zu Apfelessig, aber Meyer-Bromberger ging nicht auf den Apfelessig ein, der schließlich auch in jeder Zeitung, Apotheke und Drogerie stand, sondern schaute auf meine Zigarette, als würde meine Zigarette Meyer-Brombergers Krebsprophylaxe durch literweise grünen Tee soeben mit Macht vereiteln, obwohl der Rauch nach links zog, weil links die Eingangstür war. Der junge Mann mit den diversen Weltkenntnissen wedelte mit der Hand, als er hörte, wie Meyer-Bromberger das mit der Krebsprophylaxe gemeint hatte, und seine Bewunderin fing leise an zu hüsteln. Das Wedeln und vor allem das Hüsteln machten mich wütend, und nachher tat es mir leid, der jungen Frau womöglich einen Aufenthalt mit dem jungen Mann auf einem der Flughäfen dieser Welt vermasselt zu haben, über den sie anschließend gemeinsam mit ihm hätte klagen können, weil die Zustände auf allen Flughäfen grauenvoll sind.

Zigarettenqualm ist das einzige, was gegen eine Überdosis »Amazone« wirkt, sagte ich zu meiner Nachbarin. Nichts gegen Lancôme, aber man sollte es wirklich nur abends benutzen. Und nur, wenn es unbedingt nötig ist. Es ist nicht gerade der letzte Schrei.

Die junge Frau hörte vor Schreck mit dem Hüsteln auf und wurde rot. Der junge Mann rückte ein wenig weg und musterte nachdenklich ihr bekleckertes Plastikset, weil es womöglich Körnchen für Körnchen Indizien dafür enthalten könnte, daß die Frau nicht in die weite Welt paßte, in der er wichtige Leute über den Tisch zu ziehen pflegte; er überlegte ganz offenbar, ob ich recht hatte und seine Freundin wirklich einen Faux-pas begangen und ein falsches Parfum zur falschen Tageszeit benutzt hatte, was ungefähr so peinlich wäre, als wenn sie von längst weggeräumtem Couscous mit Stubenküken schwärmen würde.

Meyer-Bromberger tat, als hätte er nichts gehört, nahm sich ein Gurken-Sushi und zückte das »Sphinx«-Skript, weil dies

schließlich ein Arbeitsessen sein sollte; er würde anschließend an der Kasse laut vernehmlich und großzügig sagen, ich lade Sie ein, und die Sushis steuerlich absetzen, wie er auch die Stubenküken steuerlich abgesetzt hätte, wenn ich seine damalige Einladung zu den Stubenküken nicht abgelehnt hätte und die heutige Einladung zu den Sushis nicht ablehnen würde. Ich würde seine Einladung aber ablehnen.
Ich überschlug, wieviel Zeit ich gestern abend mit der Lektüre des Skripts zugebracht und also verloren hatte, weil der Text mitsamt meinen Ausrufezeichen und all den »So nicht« am Rand zu Hause in einem Sessel lag.

Als die Tür aufging, merkte ich, daß ich den anonymen Anruf noch nicht überstanden hatte. Der Sushi-Koch brüllte seinen Begrüßungsspruch, bei dem mir immer auf der Stelle einleuchtet, daß Japan eine höchst kriegerische Vergangenheit haben muß, wenn sie sich dort derart bedrohlich begrüßen, und es kam ein einzelner Mann rein, der sich umschaute, als suche er jemand, und dann mit dem Blick bei mir hängenblieb.
Kennen Sie den, sagte Meyer-Bromberger, der den Blick beobachtet hatte, aber der Mann sah schon wieder weg und setzte sich neben die beiden Japaner, die inzwischen einen Sake tranken, als wäre Sake-Trinken ein Ritual.
Vielleicht ist es ein Ritual.
Nein, sagte ich, aber das kommt vor.
Meyer-Bromberger sagte, Sie sind inzwischen ein richtiger Promi.

Meyer-Bromberger würde mich gern dazu überreden, ein richtiger Promi zu werden, und von seinem Standpunkt aus hat er natürlich recht.

Ich sagte nichts, weil es das beste ist, das Gespräch über Promi oder nicht Promi möglichst kurz zu halten, und fing im Kopf an zu zählen. Wenn er sagen würde, Sie sollten langsam ein Profi werden, bevor ich mit dem Zählen bei fünf angelangt wäre, würde ich mich auf der Stelle von ihm trennen. Ich hielt es für gut möglich, weil für Meyer-Bromberger Promi und Profi dasselbe ist wie für alle Leute, die ihre Prozente damit verdienen, daß Promi und Profi dasselbe ist und daß beides zusammen die besten Aussichten hat, in einem Werbespot aufzutreten, und dann ist es optimal für Meyer-Brombergers Prozente, weil sogar Simmy schon weiß, daß Werbespots Kult sind, und Kult ist unübertroffen. Kult stellt sogar die grauenvollen Zustände auf den Flughäfen der Welt in den Schatten.

Sie sollten langsam ein bißchen professioneller werden, sagte er, aber ich war schon bei sieben. Ich merkte eine kleine Enttäuschung.

Der Mann schräg gegenüber bestellte ein Bier und nahm eine Zeitung aus der Innentasche seines Jacketts. Ich bildete mir ein, daß er zu der Stimme am Telefon paßte.

Wenn ich was nicht ausstehen kann, dann ist das Paranoia, und genausogut hätte er zu der Stimme dieses Immobilienmaklers passen können, der Serge wegen der Granstein-Immobilie in Leverkusen hatte sprechen wollen, und während ich über die Granstein-Immobilie nachdenke und überlege, ob Serge wohl imstande wäre, wegen der Granstein-Immobilie mit einem Makler in Verbindung getreten zu sein und es mir aus welchem Grund auch immer nicht sagen zu wollen, was ich unter keinen Umständen glaube, höre ich Meyer-Bromberger neben mir sagen, es wäre gut, wenn Sie zur Premiere …

Ich unterbrach ihn und sagte, es ist mir egal, wer es macht, aber so kommt es nicht auf die Bühne.

Weil wir nebeneinander saßen, konnte ich nicht sehen, wie er einen Satz auf den Lippen hatte, aber weil ich den Satz schon kannte, wartete ich darauf. Wir sind wohl heute eine Diva. Ich hatte schon den Tonfall im Ohr, mit dem er das sehr gern gesagt hätte, es ist derselbe Ton, mit dem er mir gelegentlich zu verstehen gibt, daß er mich für beschränkt hält, und ich ahne, daß meine Beschränktheit soeben in offene Unzurechnungsfähigkeit gekippt ist, weil Meyer-Brombergers Prozente in Mitleidenschaft geraten, wenn ich mich weigere, eine Sphinx unter meinem Namen auf die Bühne zu schicken, die weder mit unserer gefräßigen, faulen Sphinx noch mit der fauchenden Sphinx in dem Buch nur das geringste zu tun hat, was Meyer-Bromberger natürlich egal ist, weil es ihm darauf ankommt, daß das »Sphinx«-Skript in einer Weise Anstoß erregt, wie er es sich schon bei dem Buch gewünscht hätte, das natürlich dank Meyer-Brombergers diskreter Nachhilfe auch schon sehr schön anstößig gewesen ist, all dies war aber eigentlich nicht so spektakulär gewesen, wie er es sich gewünscht und mit dem Autor des Theaterskripts vermutlich besprochen hatte.

Meyer-Bromberger vermutet vorsichtig, daß ich meinerseits an den Uniformen Anstoß genommen habe, und ich sage, daran und an ungefähr allem, und Meyer-Bromberger versucht nun, das »Daran« und das »Ungefähr alles« auseinanderzuhalten, damit wir es eins nach dem anderen abhandeln können, Punkt eins, Punkt zwei und so weiter.

Das darf man nicht so eng sehen, sagt er und fragt, ob ich es besser fände, wenn das Geschehen ganz unbekleidet auf die Bühne käme, was bekanntlich bei etlichen Theatergeschehen der siebziger Jahre gemacht worden war und je nach Anzahl und Unübersichtlichkeit der in die Handlung eingebauten Geschlechtsakte sowie der Geschicklichkeit ihrer Durchführung ungeheuren Anstoß erregt und jede Menge Skandale provoziert hatte.

Meyer-Bromberger sagte, das können Sie natürlich haben, aber so locken Sie keine Katze hinterm Ofen hervor, das kriegen Sie heute im Kinderprogramm.

Tatsächlich, sagte ich, um ihn darauf hinzuweisen, daß ich es nicht mag, wenn er mir allzu deutlich zeigt, für wie beschränkt er mich hält, und daß wir Zentralheizung haben.

Nun jedenfalls, sagte er, das kriegen Sie nur auf der Bühne.

Was kriege ich nur auf der Bühne?

Den Flirt mit der Gewalt, sagte er feinschmeckerisch. Faszination und Abscheu.

Ich sagte, daß er bestimmt jemand fände, der ihm das machen würde, weil es tatsächlich etliche gibt, die das machen, sonst hätten sie ja im Theater die Uniformen nicht angeschafft und die Stiefel und sonstigen Requisiten. Seit vor eini-

gen Jahren die Geldreligion verkündet wurde, geht es sogar an Theatern nach den strengen Geldreligions-Gesetzen, die bestimmen, daß auch Theater eine Finanzlage haben, und so, wie die liegt, können die Theater es sich nicht leisten, voll ausgestattete SA-Trupps und SS-Chors anzuschaffen, bloß um eine einzige Produktion zu machen, das hieße Vergeudung von Steuergeldern, und da sind sie inzwischen am Theater darauf aufmerksam gemacht worden, daß es, wenn schon, auch lohnen muß, also wissen die Theaterautoren und Regisseure, daß sie ihre Stoffe aus der Nazizeit holen müssen, damit die Schauspieler anständig angezogen vor die Leute treten und trotzdem Anstoß erregen können, ohne den Steuerzahler zu sehr zu belasten, und wenn sie nicht widerstehen können und doch einmal einen Klassiker machen oder in die Antike gehen: denen macht die Uniform nichts mehr aus, die drehen sich nicht mal im Grab mehr um, so tot sind die, die können froh sein, daß sie dank der Nazi-Uniformen endlich aus der Versenkung gezogen, abgestaubt und aufpoliert werden und sich dann alle Welt aufregt bei der Premiere.
Meyer-Bromberger sagt, er habe bereits jemanden gefunden, der das gemacht hat; klopft auf das Skript und erklärt mir den Unterschied zwischen einem Buch und der Bühne, indem er zugibt, daß es natürlich Leute gegeben haben muß, die jedenfalls Anstoß daran genommen hatten, daß meine Buch-Sphinx erkennen kann, wer Leichen im Keller hat.
Sonst hätten sie unsere Katze ja nicht massakrieren wollen, sagte ich.
Es mußte abschließend geklungen haben, denn Meyer-Brom-

berger traute sich nicht weiter, im stillen hatte er mich zur Diva und für unzurechnungsfähig erklärt, wechselte das Thema und erzählte mir ganz absichtslos von der erfrischenden Unbefangenheit eines jungen Kollegen. Der Nachwuchs überhaupt sei erfrischend unbefangen, stellt er fest, keine Spur von Verkrampftheit und Scheu im Umgang mit, aber ich höre nicht mehr hin, im Umgang womit, weil der Mann schräg gegenüber aufsteht, sein Bier halbvoll stehenläßt, mit drei Schiffchen zur Kasse geht und das Restaurant ohne einen weiteren Blick verläßt. Seine Zeitung hat er liegengelassen.

Die beiden Japaner haben nicht den Kopf gehoben. Sie essen in Blitzgeschwindigkeit aus blau gemusterten Schalen ein bräunliches Nudelgericht, um das sie zuvor mit dem Sushi-Koch auf japanisch verhandelt hatten, denn Nudeln gab es in keinem der Fließband-Schiffchen. Die Schalen waren aus einem Hinterraum gekommen, in dem offenbar eine Küche sein mußte für Gäste, die auf japanisch Wünsche haben, und zum ersten Mal war mir das »Nagasaki« trotz seines Namens sympathisch, weil ich dachte, das geschieht uns recht.
In dem Moment fielen mir die vielen Zettelchen auf, die mit Reißnägeln an die Wände geheftet waren, auf jedem stand handgeschrieben etwas Japanisches drauf, und ich begriff, daß es hier nicht nur das Fließband mit den Schiffchen, sondern eine richtige Karte gab, eine Speisezettelkarte, die ich vorher nie bemerkt hatte, weil alle Leute die Schiffchen aßen. Ob das Personality oder Reality ist oder Comedy oder Sus-

pense, sagte Meyer-Bromberger gerade, selbst bei Extremsportarten, der Junge hat überall seine Finger drin, und ich unterbrach ihn noch einmal.

Ich würde sehr gern noch was anderes essen, sagte ich und winkte dem Sushi-Koch. Der Koch sprach kaum deutsch, aber wir verständigten uns auf englisch über drei der kleinen Zettelchen, die an die Wand geheftet waren und die ich per Zufall und wegen der schönen Schriftzeichen ausgesucht hatte. Ich hoffte, daß hinter einem eine Schale mit Nudeln stehen würde, weil mir die Nudeln der beiden Japaner plötzlich wie eine Verheißung erschienen. Inzwischen war ich sicher, Sake-Trinken ist ein Ritual, Nebeneinandersitzen und Nicht-reden ist ein Ritual, Nudelessen ist ein Ritual, und auf jedem der Zettelchen an der Wand stehen weitere Rituale. Drei davon hatte ich eben bestellt, und infolge meiner englischen Bestellung hatte der Sushi-Koch die Arme vor der Brust gekreuzt und sich zweimal blitzschnell andeutungsweise verbeugt.

Schließlich kamen ein Algensalat mit Gurkenscheiben, ein Gericht mit schwarzen Schnecken und eine gedämpfte Eierspeise mit einer Blume und einer Garnele obendrauf. Die beiden Japaner hoben kurz den Kopf und musterten die Zusammenstellung, und ich konnte leider ihren Mienen nicht entnehmen, ob es eine rituell einwandfreie Zusammenstellung war, die mir die Zufallszettel auf dieselbe Weise verschafft hatten, wie Simmy nach Helsinki will. Die Japaner musterten nur einen kleinen Augenblick lang, was ich essen würde, und gleich darauf sahen sie wieder runter in ihre Schalen. Ich merkte, wie mein Übermut angesichts meiner eigenen drei Schalen ins Wanken kam. Die drei Schalen machten, daß ich mich plötzlich nicht mehr hier in der Innenstadt befand, die ich übergenau, bis zum Überdruß, bis zum letzten Mißverständnis genau verstand, sondern gewissermaßen in Japan, und ich wußte nicht, wie das ginge, weil ich überhaupt nichts richtig von Japan wußte, außer daß die Leute dort höflich sind und einen nicht merken lassen, wenn man sich falsch benimmt.

Mit den Sushi-Schiffchen zuvor war ich nicht in Japan gewesen, sondern hier, weil die Schiffchen gewissermaßen japanischer Schnellimbiß sind, und auch wenn sie teurer sind als Currywurst oder Hamburger, weil es im Augenblick schick ist, nebeneinander sitzend in teuren Schnellimbißbuden teure Sushis zu essen und Fastfood dazu zu sagen, sind sie doch auf der ganzen Welt mehr oder weniger gleich, und auf der ganzen Welt essen die Leute die teuren Fastfood-Sushis, wenn sie ihre diversen Verhandlungen mit diversen wichtigen Leuten führen, damit der junge Mann links neben mir anschließend seine Freundin damit beeindrucken kann, wie er seine Verhandlungspartner über den Tisch gezogen hat, aber auch der junge Mann hat offenbar keine Erfahrungen mit Algensalat, schwarzen Schnecken und einer Eierspeise, die einen eigenartigen Geruch verströmt. Der junge Mann sagt dazu, puh, aber da kein Qualm in seine Richtung zieht, kann er nicht herumwedeln, sondern muß kapitulieren, sammelt seine Schiffchen und seiner Nachbarin ein, sagt, ach du liebe Scheiße, und steht auf.

Der Sushi-Koch arbeitet weiter, während er mich beobachtet. Meyer-Bromberger sagt, schmeckts, und es klingt schadenfroh.

Fremd, sage ich.

Der Sushi-Koch reichte mir einen Reishappen mit einer Muschel über die Theke. Die Muschel ließ sich nicht durchbeißen, also steckte ich den ganzen Happen mit einmal in den Mund. Es dauerte eine Weile, bis ich alles gekaut und runtergeschluckt hatte, weil die Muschel am Anfang versuchte, mehr zu werden, als in meinen Mund reinpaßt.

Schließlich hatte ich es offenbar ganz passabel bestanden.

Die Schalen sind leer. Der Sushi-Koch lächelt, und manchmal rollt eine Kugel nach oben.

Oder einen Schlüsselroman, hörte ich Meyer-Bromberger sagen, als ich aus meinem Menü und aus Japan wieder auftauchte, zurück in die hiesige Innenstadt fand und mich von dem Schreck der plötzlichen Reise erholte.

Was für einen Schlüsselroman, sagte ich, weil ich den Gesprächsfaden bei der Unbefangenheit des Nachwuchskollegen und der Personality und den Extremsportarten verloren hatte.

Meyer-Bromberger erklärte mir mit der Geduld, die man lästigerweise für störrische Esel aufbringen muß, damit sie sich in Bewegung setzen, daß er natürlich meine künstlerische Freiheit respektiere und vor allem Verständnis habe, wenn ich meine, diese Medienspektakel seien nichts als grober Schwachsinn. Ich schloß daraus, daß ich irgendwo während meiner Abwesenheit, zwischen Algensalat und gedämpfter Eierspeise, offenbar in Trance so etwas geäußert haben mußte, als ich in Japan war; ich konnte mich absolut nicht daran erinnern, gesagt zu haben, daß Medienspektakel nichts als grober Schwachsinn sind; ich würde sowas auch niemals sagen. Schließlich wäre Simmy infolge eines solchen Medienspektakels gestern abend beinah zur Millionärin geworden, obwohl sie nicht wußte, daß Vitamin C Ascorbinsäure ist. Ich hatte Meyer-Bromberger im Verdacht, sich das mit den Medienspektakeln ausgedacht zu haben, weil er vielleicht glaubte, in meiner Beschränktheit meinte ich, Medienspektakel seien nichts als grober Schwachsinn.

Hoppla, sagte ich und wollte ihn gerade fragen, woher er das mit den Medienspektakeln hätte, aber er war schon weiter und beim Schlüsselroman, weil ein Schlüsselroman genau das sei, was man machen sollte, wenn man schon medienkritisch oder kamerascheu sei oder von ihm aus auch beides. Listig setzte er, als er merkte, ich kann ihm folgen, noch hinzu:

Das wäre doch was. Das eine tun und das andre nicht lassen. Sie halten sich bedeckt, packen aus, und wenn Sie nicht wollen, müßten Sie nicht mal in eine Show.

Auspacken, sagte ich, weil ich Meyer-Bromberger zwar einiges zuzutrauen gelernt habe, aber manchmal glaube ich trotzdem noch immer, ich höre nicht recht. Ist das nicht das, was die Denunzianten und diese kleinen miesen Ganoven in Agentenromanen und Krimis immer tun, und zum Schluß werden sie alle umgelegt.

Auch eine gute Idee, sagte er nachgiebig. Allerdings bloß keinen Frauenkrimi. Das will heute keiner mehr lesen. Dann lieber Pseudonym.
Ich sagte, wenn ich etwas langweilig finde, dann Krimis. Mit oder ohne Pseudonym.
Hatte ich mir gedacht, sagte Meyer-Bromberger und gab auf.
Es war kurz nach halb drei, als wir mit unseren Schiffchen an der Kasse standen und der erwartete Disput um die Begleichung meiner Schiffchen sowie meiner japanischen Reise begann, der aber ziemlich rasch verebbte, weil Meyer-Bromberger schon aufgegeben hatte, nachdem ihm klargeworden war, daß seine Prozente meinerseits von keinem Schlüsselroman und keinem Krimi eine Aufbesserung erfahren würden, das Arbeitsessen somit nicht gelohnt hatte und es daher schon gar nicht lohnen würde, auch steuerlich nicht, wenn er mich einladen würde, weil angesichts seiner schwindenden Prozente im Grunde er derjenige wäre, der eingeladen werden müßte, was er allerdings ablehnte, als ich es ihm anbot, und so kam ich zu der Überzeugung, daß ich mich vielleicht gar nicht von ihm zu trennen brauchte, weil er höchstwahrscheinlich von selber auf die Idee kommen würde.
Der Sushi-Koch rief uns seinen Aufwiedersehensgruß hinterher, daß ich zusammenzuckte, ich drehte mich um und sagte, auf Wiedersehen. Die beiden Japaner standen an der Kasse und schauten kurz zur Tür, als wir gingen.

Wir trennten uns vor dem Restaurant. Neben dem Restaurant ist ein japanischer Lebensmittelladen, und ich dachte, für den

Fall, daß ich wieder mal ins »Nagasaki« gehe, möchte ich wenigstens einen groben Überblick über die Alimente und Rituale haben, und Meyer-Bromberger wollte in sein Büro, weil er einen wichtigen Anruf erwartete. Ich wünschte ihm viel Glück für seinen wichtigen Anruf, er sagte noch einmal, und denken Sie dran, die Leute wollen nun mal den Skandal. Ich ging in den Laden, hinter mir schloß sich der Vorhang vor der Glastür, und es war wie noch einmal nach Japan zu reisen, weil nur Japanerinnen in dem Laden herumgingen und sich zielstrebig lauter Sachen in die Körbe packten, die ich noch nie gesehen hatte. Das einzige, was ich auf den vielen Tüten und Päckchen und Dosen lesen konnte, war das Verfallsdatum. Es gab rosa, quittegelbe und sogar violette Gemüse, die in durchsichtige Plastikfolie eingeschweißt waren, und bei einem der Päckchen kam es mir vor, als sei Blumenkohl drin, obwohl ich Blumenkohl nur in Weiß kannte, und dieser war grün. Grün wie leuchtende Entengrütze.

Ich ahnte, wie es sich anfühlen muß, wenn man nicht lesen und schreiben kann, und schließlich kaufte ich ein Fertiggericht mit Nudeln, weil ein Etikett mit einer englischen Gebrauchsanweisung draufgeklebt war, ein eingeschweißtes dunkelgelbes Gemüse, das aussah, als würde es sauer schmekken, und drei kleine Stäbchenablagen in Fischleinform. Mir fiel ein, daß sie in Japan auf Hausdächern Angelbecken haben und daß es Hallenbäder gibt, in denen man erst surfen und danach skilaufen kann. Ich hatte mit Simmy mal einen Bericht darüber gesehen, und in der Sendung hatten sie auch erzählt, daß man in japanischen Hotels in einer Art Sarg

übernachtet, man steigt ein, er wird geschlossen, in ein Regal reingeschoben, und am Morgen ziehen sie einen wieder raus, und Simmy hatte gesagt, extrem, oder.
An der Kasse gab es einen Bücherstand. Ich entdeckte die englische Ausgabe eines japanischen Kochbuchs und nahm sie mit.

Im Kaufhof spielten sie »Jingle Bells« und »White Christmas«. Als ich auf der Rolltreppe zur Lebensmittelabteilung stand, kam zu meiner Überraschung Eddies Aufnahme von »Ah, vous dirai-je, Maman«, die irgend jemand aufgrund eines Mißverständnisses unter die Weihnachtsplatten sortiert haben mußte. Nach der dritten Variation ließen sie die Platte leise auslaufen und fingen wieder mit »Jingle Bells« an, und ich dachte, so viel Rücksicht auf Mozart, sie sind doch sonst nicht so. Sie spielen »Pour Elise« schließlich auch, wenngleich nicht zwischen Oktober und Neujahr, und wenn sie schon so erfrischend unbefangen sind und keine Scheu vor Beethoven haben, dann brauchen sie sich wegen Mozart bestimmt nicht zu genieren. Aber dann merkte ich, daß es wahrscheinlich gar nicht Mozart war, den sie nicht passend für das vorweihnachtliche Kaufhofbeschallungsprogramm fanden, sondern was Eddie damit machte. Es war Eddies Geige, die nicht zu den Geschenkangeboten paßte, und vielleicht hatte ein Abteilungsleiter gemerkt, daß man Mozart spielen sollte wie »Morgen kommt der Weihnachtsmann«, um die Angebote verkaufen zu können. Eddie spielte schon »Hänschen klein«, daß einem das Blut in den Adern gefror, und mit Mozart war

es natürlich nicht anders. Wahrscheinlich war einem Abteilungsleiter das Blut in den Adern gefroren, als er einen Mozart hörte, von dem er dachte, es sei »Morgen kommt der Weihnachtsmann«, aber dann war es weder Mozart noch »Morgen kommt der Weihnachtsmann«, obwohl Eddie tatsächlich Note für Note Mozart spielte, nur eben daß einem anders davon wurde und man, wenn man nicht taub war, fürs Weihnachtsgeschäft auf der Stelle verloren war.
Ich dachte, wenn ich das Buch über Eddie noch einmal schreibe, fange ich mit dem Vorfall im Kaufhof an, weil Eddie zwar in den Himmel spielte, aber der Himmel war leer; da saß keiner mit langem Bart oder der Weihnachtsmann, den jeder Kaufhofabteilungsleiter im Weihnachtsgeschäft nun einmal als Verbündeten braucht, weil sonst die Sonderangebote bis ins neue Jahr liegenbleiben, und dann kann man sie nicht mehr verkaufen. Nicht mal mit »Pour Elise«. Es ist nicht so, daß ich Kaufhausmusik auch nur im geringsten ausstehen kann, aber der Vorfall hatte mir sehr gefallen, weil ich dachte, es ist schön, daß der Abteilungsleiter gehört hat, was Emmerling und etliche andere nicht gehört hatten oder vielleicht nicht gehört haben wollten.

Eine Weile lang hatte ich angenommen, daß sie es nicht gehört haben wollten, weil Emmerling, wenn er so stocktaub gewesen wäre, daß er es nicht gehört hätte, niemals hätte »Kitschfiddel« und »Vorortzirkus« geschrieben haben können, was er ebenfalls nicht hätte schreiben können, wenn er es gehört hätte, weil ihm dann klargewesen wäre, was er da schrieb. Ich glaubte eher, er hat es gehört und sofort auf der Stelle nicht gehört haben wollen, ich glaubte, er tat, als ob er es nicht gehört hätte, und dann hatte er es aber doch gehört, und so kam die Kitschfiddel in den Text und der Vorortzirkus, und die Kitschfiddel und der Vorortzirkus verrieten, daß Emmerling an die Jazzreligion glaubte und an den Mann mit dem Bart, der im Himmel saß und die Einhaltung der Jazzgebote überwachte und ihn, Emmerling, mit der Einhaltung der Jazzgebote auf Erden betraut hatte, und die Jazzgebote sind, als Eddie noch lebte, besonders hierzulande sehr streng gewesen, sie ließen nicht so ohne weiteres zu, daß einer ohne Erlaubnis der Jazzgemeinde mit seiner Geige in einen Himmel spielt und dort nichts findet als nur den Himmel, ganz leer. So leer, daß einem das Blut in den Adern gefriert.

Die Jazzgebote erlauben inzwischen in gewisser Weise, daß einer gar nicht in den Himmel spielt, sondern für die Leute. Sogar Emmerling ist inzwischen zu der Ansicht gelangt, weil ihm aufgefallen ist, daß die Avantgarde sich erledigt hat, und man muß jetzt hoffen, daß bald wieder eine neue Avantgarde kommt, weil eine Jazzreligion ohne Avantgarde schlecht geht und Emmerlings Publikationen ohne beides auch schlecht gehen, und in der Zwischenzeit muß man eben warten und wegen der Publikationen die Jazzgebote ein bißchen lockern, weil es klar ist, daß der Jazz ohne Religion übergangsweise Popkultur ist, die für die Leute gemacht wird, nur eben etwas anders als Blechblasorchester und Volksmusikgruppen, die mehr was für ältere Leute und Schlesier sind.

Emmerling hat die Jazzreligion einstweilen ad acta gelegt wie das Stubenküken im »Kardamom« und hat mit der Popkultur zugleich deren Gipfel, sozusagen das »Nagasaki« der Popkultur, entdeckt, nämlich den Discjockey, den Emmerling unter der Bezeichnung Didschäi als Prototyp, als Essenz der Postavantgarde ausgemacht hat, gerade weil der Didschäi überhaupt das Gegenteil von Avantgarde ist und nur abspielt, was die Leute hören wollen, und das hat Eddie niemals gemacht und auch Serge nicht, obwohl sie beide vor Leuten gespielt haben, aber doch niemals für die Leute. Nicht für die, die da sitzen und Eintritt bezahlt haben und klatschen oder es skandalös finden oder nach einer Zugabe verlangen, obwohl das nach den Popgesetzen durchaus erlaubt und zulässig wäre, ja, von den Popgesetzen inzwischen sogar hier und da schon gefordert wird. Es ist gar nicht einmal so, als ob Eddie es nicht gemocht hätte, daß Leute kamen und ihm zuhörten, wenn er spielte, er mochte es sogar sehr, und er mochte die Leute sehr, nur daß er nicht für sie spielte, und er mochte es nicht, wenn seine eigenen Leute anfingen, Kunststückchen für die Leute zu machen, die ihnen zuhörten, weswegen das ganze Quintett kurz vor Eddies Tod doch fast in Krach und Streit ausgebrochen und womöglich auseinandergeflogen wäre, als Mike anfing, Kunststückchen zu machen und Eddie ihn zur gewöhnlichen Publikumshure erklärte. Mike hatte gesagt, es sei bloß ein Experiment.
Was für ein Experiment, hatte Eddie gefragt, weil er Musik machte und keine Experimente.
Mike hatte gesagt, er würde sehr gern herausfinden, wie

weit man das Niveau senken könne, ohne daß jemand was merkt.
Eddie wußte natürlich nicht, daß Mike sehr gern das Niveau so weit gesenkt hätte, daß er und Serge aus dem leeren Himmel nach unten stürzen und abstürzen müßten, um auf das Niveau zu kommen, bis zu dem Mikes Experiment führen sollte, Eddie wußte nicht, daß Mikes Experiment kein Spiel war, keine Musik, sondern nichts als ein Ringkampf um das Gesetz, ob eine Kugel nach oben oder nach unten rollt, und gewöhnlich rollt sie nach unten, aber Mike war sich im Falle von Eddie nicht hundertprozentig sicher, ob sie nach unten rollen würde, und weil er gewinnen wollte, war er längst aus dem Spiel ausgestiegen und tat nur noch so, als spielte er mit, aber das wußte Eddie nicht, sondern er dachte an das Spiel mit dem Niveau und daran, daß die Erde dem Himmel nicht entgeht und daß man den Himmel nicht abhängen kann, auch wenn sie es versuchen.
Eddie hatte gesagt, das mit dem Niveausenken sei eine interessante Frage, und er habe auch den Eindruck, daß sich im Augenblick sehr viele Leute mit dieser Frage beschäftigten; seines Wissens seien die Fortschritte der Holländer, Spanier und Marokkaner in der Erforschung dieser Frage sehr beachtlich.
Mike verstand ihn erst nicht. Es war nach dem Konzert in Hanau. Wir saßen in einem amerikanischen Club, die Musiker hatten an jedem Finger ein Maskottchen hängen, ich war telefonieren gewesen, um zu hören, ob mit Simmy alles in Ordnung wäre, weil Jolanda an dem Abend zum ersten Mal

auf sie aufpaßte und wir nicht wußten, ob sie es hinkriegen würde, weil Simmy gerade Zähne bekam, und als ich vom Telefon wieder zurückkam, merkte ich, wie die Lage sich anspannte, und Eddie hatte noch sehr ruhig und freundschaftlich ausgesehen, als er das von den Holländern, Spaniern und Marokkanern gesagt hatte, weil er dachte, Mike würde es verstehen. Erst als Mike es nicht verstand, wurde er zornig und sagte, geh doch in die Gurkenbranche, und da verstand Mike, daß er auch in die Erdbeer- und Tomaten- und vielleicht auch noch in etliche andere Branchen gehen könnte, wenn er weiter solche Experimente machen wollte, und er blieb.

Nach Eddies Tod sagte Mike, er habe anfangs nur wegen Eddies Charisma mitgemacht, aber dieses Charisma habe Eddie sich selbst durch die Koksgeschichte zerstört, und als er, Mike, die Zerstörung von Eddies Charisma mit habe ansehen müssen, habe es ihn gegraust, und er sei nach der Zerstörung schließlich nur noch aus Mitleid geblieben, und jetzt, wo Eddie tot sei, gebe es auch kein Charisma mehr in der Gruppe, und jeder müsse sein eigenes Charisma einsetzen, um weitermachen zu können. Er suchte eine Weile in anderen Gruppen nach jemandem, der sein Charisma haben wollte, und als er niemanden fand, weil er allen mit seinen Geschichten über den legendären Eddie auf die Nerven fiel, ging er in ein Studio nach München, wo sie Tonspuren machten und Soundtracks zu den Tonspuren sagten.

Ein paar Jahre später rief Serge ihn einmal an, um ihn zu fragen, ob er nicht wieder mitmachen wolle. Ich wunderte mich, daß Serge ihn anrief, ich wunderte mich auch, daß Serge wieder an die Côte d'Azur wollte, aber er hatte es sich in den Kopf gesetzt und sagte also, er wäre dabei, eine Côte d'Azur-Tour vorzubereiten, und ob Mike nicht mitmachen wolle, aber Mike sagte, das sei einmal gewesen, die Côte d'Azur, seine Stelle im Studio sei halbwegs sicher, und seine Frau finge demnächst nach der Babypause wieder im Krankenhaus an, und München sei die einzige Stadt, wo er sich heute noch wohlfühlen könne in diesem Drecksland. Serge fragte ihn wegen des Dreckslandes, was er damit meinte, und Mike sagte, wenn du was willst in dem Land, kannst du nur resignieren, hier gibt es musikalisch keine Visionen, überhaupt gibts hier keine Visionen, nicht einmal mehr auf dem Fußballplatz.
Serge sagte, soweit er wisse, gebe es auf dem Fußballplatz in München sehr wohl Visionen, und was das andere beträfe, sei Mike da nicht ein wenig pauschal, weil Serge natürlich gehört hatte, daß Mike ihm keine Visionen zutraute, aber Mike sagte, die Achtziger waren schon mau, aber die Neunziger, das ist kulturmäßig unterste Schublade. Dann sprach er noch ein bißchen von den alten Zeiten, und Serge sagte nicht viel zu den alten Zeiten, aber nachdem er den Hörer aufgelegt hatte, sagte er, traurig, traurig, erst der mühsame Marsch durch die Gurkenbranche, und danach gleich Veteran.
Er war aber nicht traurig, er hatte vor Wut schwarze Augen und wollte sich nur nichts anmerken lassen, also sagte ich nichts.

Jedenfalls hatte soeben ein Abteilungsleiter gehört, daß Eddies Geige weder in der Gurken- noch in der Weihnachtsbranche zu gebrauchen wäre, und ich freute mich darauf, es heute abend am Telefon Serge zu erzählen, obwohl es eine Geschichte war, die ich lieber erst Montag erzählen sollte, weil Telefongeschichten immer entweder viel zu kurz sind oder sowieso in der Leitung verpuffen, vor allem nachts um halb zwei.

Auf dem Weg zur U-Bahnstation wurde die Ampel eine Ewigkeit nicht grün; davon wiederum wurden die Einkaufstüten nicht leichter; die Leute wurden immer mehr und murrten allmählich. Irgendwas mit der Ampelschaltung war nicht in Ordnung, denn die Autofahrer hatten offenbar eine Ampel, die manchmal auf Rot stand. Eine Weile lang fuhren welche vorbei, und dann war Schluß, die Straße war frei, und nach einer längeren Pause setzte der Autostrom wieder ein. Ich wartete die Autophasen zwei Runden lang ab und ging rüber, als die Straße zum dritten Mal frei war.
Eine Kinderstimme in meinem Rücken sagte, Mama, die Tante da geht bei Rot. Darf die Tante das? Es war eine Frage, aber eine Frauenstimme in meinem Rücken sagte, so was von verantwortungslos, haben Sie nicht gesehen, daß hier kleine Kinder stehen. Ein Mann sagte mir auch etwas in den Rücken, ich verstand aber nicht genau, was er sagte, nur daß ordnungswidrig drin vorkam, und mein Vergnügen an dem Abteilungsleiter schwand. Ich dachte, das arme Kind kriegt seine Frage vermutlich wieder einmal nicht beantwortet, weil ich

vermutete, daß ich nicht der erste Mensch gewesen wäre, der je in Anwesenheit des Kindes bei Rot über die Ampel gegangen war, von anderen Ordnungswidrigkeiten ganz zu schweigen, die wenigstens ich nicht unter den Augen dieses Kindes begangen hatte, und ich hoffte, daß sich eines Tages ein Passant finden würde, der dem Kind seine Frage beantworten würde, und ich hoffte auch, daß dieser Passant eine lange Ampelphase Zeit hätte, dem Kind auch gleich noch zu erklären, daß keine Verwandtschaft zwischen ihm und dem Fußgänger bestünde, der da soeben eine ordnungswidrige Tat beging. Ich stellte mir vor, daß das Kind die Ordnungswidrigkeit leichter verkraften könnte, wenn ein Fremder sie beginge, als wenn es jemand aus der eigenen Familie wäre, aber dann fiel mir ein, daß das wahrscheinlich nicht stimmte, weil ich über die Frage nachgedacht hatte, als ich »Sphinx« schrieb, wo die Leichen in den Kellern sehr oft nicht die von fremden Leuten sind, sondern sehr häufig auch die von Freunden und nahen Verwandten, Geschwistern, Onkeln, Tanten, Eltern und sogar von Kindern, und ich hatte zwar erst gedacht, daß man sich das schwer vorstellen kann, war aber schließlich darauf gekommen, daß es so gewesen sein muß und seit Kain und Abel so war und wahrscheinlich einfach so ist; also hatte die Frau an der Ampel vermutlich soeben ein wichtiges Stück pädagogischer Arbeit vollbracht, indem sie dem Kind klargemacht hatte, daß auch die eigenen Verwandten sich gelegentlich ordnungswidrig verhalten können und deshalb nicht geschont, sondern in die Verantwortung genommen werden sollten, und ich war schon längst über die Straße gegangen, da hatte ich plötzlich Lust, noch einmal zurück und ein zweites Mal über die rote Ampel zu gehen, um der Frau zu sagen, daß ich meines Wissens nicht die Tante des Kindes sei.

In der U-Bahnstation standen zwei Zeuginnen Jehovas und hielten ihre Broschüre vor die Brust, und ich dachte, sie sind von einer geradezu übermenschlichen Tapferkeit im Glauben, weil hier fast nur Leute auf die U-Bahn warten, die zum Flughafen und vom Flughafen aus nach Detroit oder Neu-Delhi oder sonstwohin wollen.

Die Durchsagestimme sagte schon zum zweitenmal leicht ungeduldig, der Herr da hinten mit dem silbernen Koffer, machen Sie bitte die Zigarette aus.

Der Herr sah aus, als wollte er heim nach Neu-Delhi, wahrscheinlich wußte er nichts von den Zeuginnen Jehovas und wollte sich daher auch nicht von ihrer Broschüre retten lassen, sondern rasch noch eine Zigarette auf Vorrat rauchen, weil er im Flugzeug nachher bis Neu-Delhi nicht rauchen dürfte; er wußte nicht, daß er in der U-Bahnstation auch nicht rauchen durfte, daher sagte es ihm die Stimme gerade zum zweitenmal, bis sich jemand erbarmte, ihm die Zigarette wegnahm und sie austrat.

Du nix in U-Bahnhof rauchen, sagte er, und die Leute aus seiner Gruppe lachten. Es war eine Reisegruppe, alle hatten die gleichen Chartertickets an ihren Koffern und Rucksäcken und Reisetaschen, auf denen stand, daß sie nach Teneriffa fahren würden, und sie ließen eine Sektflasche reihum gehen, um zu feiern, daß sie jetzt Urlaub hatten.

Zu den Dingen, die ich nicht ausstehen kann, gehört es, wenn ich weiß, wie es weitergeht, aber je älter ich werde, umso öfter weiß ich, wie es weitergeht, auch wenn ich es gar nicht wissen will. Im Flugzeug würden sie weitere Sektflaschen trinken und sich jeder eine Stange Marlboro und eine Flasche Schnaps kaufen. Sobald das Flugzeug in Teneriffa aufsetzt, werden sie etwas betrunkener sein, als sie denken, daß sie sind, weil sie nicht wissen, daß Alkohol im Flugzeug stärker wirkt als auf dem Boden, folglich werden sie sogar ziemlich betrunken sein, nachdem sie versucht haben werden, so viel wie möglich Sekt zu trinken, weil der Sekt im Flugzeug nichts kostet, sondern im Flug inbegriffen ist, und wenn das Flugzeug nach drei Sektstunden in Teneriffa aufsetzt, werden sie klatschen und ziemlich betrunken Unverständliches johlen und grölen, und der spanische Kapitän wird sehnsüchtig an die Zeit denken, in der er noch Linie geflogen ist.

Daß eine Kugel meistens nach unten rollt, ist nur Statistik und keinesfalls ein Beweis, dachte ich und ärgerte mich, daß ich im Kaufhof nicht bloß in der Feinkostabteilung die Sachen für heute abend, sondern auch gleich noch Cola und Milch und drei Dosen Katzenfutter gekauft hatte, die ich auch bei uns hätte kaufen können, und ich überlegte, was scheußlicher wäre, hier mit den Tüten gegen die Schwerkraft zu ringen oder zweimal Kassenschlange und der Kampf um die Vergänglichkeit der Zeit, deren Wesen es zudem ist, bei uns in der Einkaufsstraße ab halb vier noch etwas vergänglicher zu sein als gegen drei in der Innenstadt, weil dort sogar gegen drei alle Kassen offen sind, bei uns in der Straße selbst um halb sechs nur zwei, die Kassenschlangen sind folglich endlos, und die Zeit, bis Simmy nach Hause kommt, ist blitzschnell im Handumdrehen weg. Ich überlegte, ob die beiden Japaner vielleicht deshalb so schnell gegessen hatten, ob vielleicht alle Japaner so schnell essen, weil in Japan die Kassenschlangen auch endlos sind. In dem Bericht, den ich mit Simmy gesehen hatte, hatten sie auch gezeigt, wie an jeder U-Bahnstation einer angestellt ist, der Leute in die U-Bahn reinquetscht, die eigentlich nicht mehr reinpassen, weil die U-Bahn nicht nur voll, sondern schon längst überfüllt ist, und wenn die U-Bahn so überfüllt ist, daß Leute von Angestellten da hineingequetscht werden müssen, stelle ich mir die Kassenschlangen erst recht schrecklich vor. Apokalyptisch.

In der U-Bahn dachte ich über Meyer-Bromberger und unser Gespräch nach, von dem ich nur die Hälfte mitbekommen hatte, weil ich außer Landes war, aber die andere Hälfte gehörte leider auch zu den Dingen, von denen ich weiß, wie sie weitergehen. Bei Meyer-Bromberger ist es in letzter Zeit wie bei sehr vielen Leuten die Geldreligion. Ich weiß nicht, ob es bei Emmerling und den Didschäis auch so was ist wie Geldreligion, aber ich nehme es beinah an, weil die meisten, die bis vor einigen Jahren irgendeiner Religion anhingen, inzwischen zur Geldreligion konvertiert sind.
Sogar Vira ist von ihrer Göttin, die ihr gesagt hatte, sie solle nicht mehr Christine, sondern fortan lieber Vira heißen, wieder ab- und auf die Geldreligion gekommen und heißt seit

ihrer Heirat wieder Christine, weil ihr Mann im Vorstand einer Aktienfondsgesellschaft sitzt, in dem sich alle darüber einig sind, daß so durchgeknalltes Zeug wie geträumte Göttinnen vielleicht im Privatfernsehen nett ist, weil jegliche Art von Verwirrtheit gut für die Quote und also gut für die Aktienfondsgesellschaft ist, Nachmittagsprogramm für Hausfrauen und Mütter, aber nicht bei ihren Empfängen, und von allen Proselyten, die ich kenne, ist die frühere Vira und heutige Christine womöglich die, bei der ich den Übertritt von der einen zur anderen Religion am besten begreifen kann, weil das bei Heirat schließlich schon immer so üblich war und jeder ökumenische Hochzeiten genauso albern gefunden hat wie Doppelnamen. Viras Mann fand es jedenfalls albern, genauso albern wie Viras Idee, sie könne nach der Hochzeit auf Empfänge gehen und dabei trotzdem noch ihre voreheliche Freundin weiter behalten, wo der Mann einen Karriereknick hat, weil er vermutlich in irgendeine Kokaingeschichte seines Kollegen verwickelt war, und die Freundin selbst sollte ein äußerst anstößiges Buch geschrieben haben, jedenfalls hatte Viras Mann das gehört, weil das Buch in seiner Tageszeitung besprochen worden war; besprochen ist vorsichtig gesagt, es ist verrissen worden, in Grund und Boden verrissen sogar, und nun hatte zwar Viras Mann den Verriß nicht gelesen, weil er niemals das Feuilleton liest, sondern die Zeitung des Wirtschaftsteils wegen abonniert hat, und Vira hatte ihm natürlich nichts von dem Feuilletonverriß gesagt, weil ihr klar war, wie das enden würde, aber die Frau eines Vorstandskollegen von Viras Mann hatte es erst ihrem Mann und der dann dem Mann von Vira hinterbracht, und all dies ist im Grunde normal und mühelos nachvollziehbar.

Bei Meyer-Bromberger war es ursprünglich eine Art breit gefächerte Kunstreligion. Meyer-Bromberger ging in die Filme von Godard und in Ausstellungen mit einfarbigen Bildern, eine Weile lang sammelte er monochrome Werke in Gelb, und er hatte Serge kennengelernt, als Serge mit einem Freund im Jazzclub saß und Meyer-Bromberger hörte, daß sie über John Cage sprachen. Etwas, was Serge damals beschäftigte, war eigentlich nicht so sehr Cage, weil Cage seine Instrumente präparierte und Serge seine Geige nicht präparierte, aber es interessierte ihn, daß Cage gesagt hatte: »Die Erde entgeht nicht dem Himmel.« Genau so hatte das in einem Buch von Cage gestanden, mit Anführungszeichen, also war es vielleicht ein Zitat, das Cage irgendwo gelesen hat und das ihn beschäftigte, und Serge hatte es bei Cage gelesen, und natürlich mußte es Serge beschäftigen, weil es einen immer beschäftigt, wenn man etwas liest, was man schon immer gewußt hat und nur nicht so hätte sagen können, und später beschäftigte es mich, und wieder später fing es Eddie an zu beschäftigen, als Serge ihm davon erzählte, und schließlich wurde es das Motto für »Als ob«, und Meyer-Bromberger hörte also, daß sie über Cage sprachen, und setzte sich zu ihnen an den Tisch und sprach auch über Cage, und Serge und sein Freund waren gerade dabei, sich zu fragen, ob es wegen der Religion oder der Politik ist, warum es stimmt, daß die Erde dem Himmel nicht entgeht, sie waren sich aber einig, daß es wegen der Geschichte ist; Meyer-Bromberger sagte, daß es Avantgarde sei, aber wiederum anders als Luigi Nono, über den er gerade etwas gelesen hatte, und so sprachen sie allmählich über Luigi Nono und nicht mehr darüber, ob es mit Religion oder Politik zu tun hat, wenn John Cage in einem Vortrag gesagt hatte, die Erde entgeht nicht dem Himmel, aber selbst wenn sie weiter darüber gesprochen hätten, wäre Serge doch kaum davon zu überzeugen gewesen, daß der Satz mit Politik zu tun hat, obwohl der Himmel zu der Zeit allein schon durch den vielen Dreck, den sie inzwischen da hochgepustet hatten, bereits ziemlich runtergehängt und versaut worden und also ganz nah an der Erde war, die ihm nicht entgehen wird. Serge ist bis heute dabei geblieben, was er gleich vermutet hatte, als er noch nicht wußte, daß der Satz gut tausend Jahre alt ist, Serge vermutete, daß der Satz nicht so sehr mit Politik, sondern mit etwas anderem zu tun habe, er sagte, Alttestament ohne Gott, also ist es unser Jahrhundert, aber Serges Freund war für Politik, nämlich für Umweltpolitik, weil Umweltpolitik das Thema unseres Jahrhunderts wäre, und Meyer-Bromberger war im Jahrhundert der Avantgarde natürlich für Avantgarde und hatte eben den Aufsatz über Nono gelesen und nicht den von John Cage, weil der Aufsatz von Cage zu der Zeit schon um die vierzig Jahre alt war, und der Aufsatz über Nono hatte in der letzten »Zeit« gestanden, aber darüber sprachen sie dann auch nicht so lange, weil im Jazzclub an dem Abend Doldinger angekündigt war, deswegen waren sie alle gekommen, nur Doldinger kam aus irgendwelchen Gründen nicht, sondern ersatzweise eine Höllenband, die das machte, was Serge Freistilübungen nennt, und so gingen sie in eine andere Kneipe in der Nähe des Theaters, wo Meyer-Bromberger hoffte, daß jemand von Faßbinders Leuten reinkommen würde, weil dann endlich was los wäre, aber es kam keiner rein, und so war an dem Abend nichts los, sondern alle saßen und warteten bloß auf Faßbinders Leute, die sich natürlich nicht blicken ließen, weil kein Mensch es leiden kann, aufdringlich neugierig angeguckt zu werden, bloß weil er einen Beruf hat. Meyer-Bromberger hatte aber schon einmal erlebt, daß nicht nur ein paar von Faßbinders Leuten, sondern die ganze Truppe in die Kneipe gekommen war, mitsamt Faßbinder höchstpersönlich, es wäre an dem Abend fast zu einer Schlägerei gekommen, und es war reichlich was los gewesen.

Ich kannte Serge zu der Zeit noch nicht, als er Meyer-Bromberger kennenlernte, und danach hatte Serge Meyer-Bromberger nur noch eine kurze Weile gekannt und später erst zufällig wiedergetroffen, nachdem ich »Als ob« geschrieben hatte.

Ich ging damals noch in die Schule und hätte mich nie getraut, in eine Kneipe zu gehen, in der womöglich Faßbinders Leute auftauchen könnten, ich stellte mir vor, daß ich nicht wissen würde, wohin ich gucken soll vor Verlegenheit, wenn auch nur ein einziger irgendwo an einem Tisch sitzen und ein Bier trinken würde, und als ich später einmal mit Christine, lange bevor sie Vira hieß, im Kino saß, und zufällig saß einer von Faßbinders Leuten auch im Kino, wäre ich am liebsten geflohen, weil alle anderen Besucher ihn sofort erkannten, sich gegenseitig anstießen und darauf aufmerksam machten, daß einer von Faßbinders Leuten im Kino war. Zwar flüsterten sie, aber es gibt ein Flüstern, mit dem man durch riesige Kinosäle hin laut und vernehmlich klarstellen kann, daß man Faßbinders Leute kennt, und seit einigen Jahren gab es schon keine großen Kinosäle mehr mit den roten Samtsesseln und dem Samtvorhang für »Vom Winde verweht«, sondern nur noch die vielen kleinen Kinoschächtelchen, bei denen man sich gleich einen Videofilm ansehen kann, da braucht man nicht aus dem Haus. Jedenfalls war mir das Flüstern unangenehm, und ich wäre vor Befangenheit umgekommen, wenn so ein Faßbindermann oder eine Faßbinderfrau in der Kneipe vielleicht ein Schnitzel hätten essen wollen, und alle hätten sich gegenseitig angeflüstert und auf den Mann oder die Frau mit dem Schnitzel gedeutet, bis denen schließlich ein Stück von dem Schnitzel von der Gabel gesprungen und direkt im Bier gelandet wäre, weil es jeden nervös macht, wenn er beim Essen angestarrt wird. Im Kino geht ja das Licht dann aus, aber beim Essen ist es fatal, weil das Licht anbleibt und jeder beim Schlucken und Kauen komisch aussieht und sich dafür geniert.

Ich glaube, Meyer-Bromberger muß um die Zeit bereits in Ansätzen seine Idee vom Promi entwickelt haben, die er inzwischen erfolgreich kultiviert hat, seit er die Avantgarde endlich los ist. Die Avantgarde hatte den Nachteil, daß sie zwar sehr streng und also eine von den edleren Religionen war, aber sie hatte wegen ihrer Strenge und ihrer Edelkeit einfach zu wenige zahlende Mitglieder hatte. Im Grunde waren die einzigen zahlenden Mitglieder die Freunde und Bekannten von Leuten, die Avantgarde machten, und wenn ich mich daran erinnere, wie verdammt schwierig es war, unter all den Freunden und Bekannten, die ich damals noch hatte, auch nur einen zu finden, der sich bereit erklärt hätte, »Als ob« zu lesen, als es noch nicht gedruckt war und ich nicht wußte, ob ich mich trauen würde, ein Buch geschrieben zu haben, dann wundert mich nicht, warum trotz Emmerlings Bemühungen auf dem Sektor des Jazz die Sache dann eingestellt wurde und an ihre Stelle für Emmerling die Didschäis traten und für Meyer-Bromberger die Promis im U-Bereich.

Meyer-Bromberger hatte eine Zeitlang sehr gern darüber gesprochen, daß es einen E-Bereich und einen U-Bereich gäbe, womit er meinte, daß die Avantgarde eine ernste Angelegenheit sei, die infolge ihrer bekanntlich strengen Gebote sehr anstrengend war und nur sehr wenigen Leuten Spaß machte, und daß Blechblasorchester, Volksmusikgruppen und Ölgemälde von Landschaften mit gehörntem Wildbret vergnüglich und unterhaltsam seien. Das war zu der Zeit, als die Avantgarde zu kränkeln begann und Meyer-Bromberger, der schließlich nicht beschränkt ist, ahnte, daß sie vollends auf den Hund kommen und pleite gehen werde, und seine Schlußfolgerung aus dem Unterschied zwischen einem heiligen, aber kränkelnden E und einem wildbretartig gesunden und kräftigen U war, daß man allmählich anfangen sollte, die Schranken zwischen einem E und einem U nicht so fest geschlossen zu halten, man sollte gelegentlich auch mal ein E zu einem U und ein U zu einem E hindurchschlüpfen lassen, weil sie sich möglicherweise auf die Art befruchten und etwas wie ein Ü erzeugen könnten, zum Beispiel eine RevÜ, sagte Meyer-Bromberger, um klarzumachen, wie er sich diese Befruchtung dachte, und nachdem er dann in die Geldreligion eingestiegen war und dort kräftig investiert hatte, war klar, daß das U sozusagen jungfräulich und ohne den unanständigen Umweg der Kopulation mit einem E und ganz ohne Einsatz der vielen teuren Musiker Didschäis zeugen konnte, und weil man sich genierte, einen so steinzeitalten Begriff wie den der jungfräulichen Zeugung für diesen Vorgang zu benutzen, sagte man Remix, und natürlich kann man ebensogut Töne wie Farben wie Filme und wie Gedanken remixen, und mit der Zeit kam Meyer-Bromberger darauf, daß es praktischer ist, wenn so ein Remix möglichst wenige Gedanken enthält, weil Gedanken zu sehr an die Avantgarde erinnerten, die zwar schon hin und weggeräumt war, aber doch noch nicht so gründlich abgehängt, daß man nicht noch peinlich berührt war und ein schlechtes Gewissen kriegte, wenn man an sie dachte, aber natürlich war der Remix in jeder Hinsicht praktisch und eine ziemliche Geldeinsparung, mit den Nazi-Uniformen und Nazi-Stiefeln lag das sowieso auf der Hand, weil das ganze Zeug ja noch in den Requisiten herumgammelte und nur darauf wartete, erst im Theater entstaubt und mit irgendwelchen Texten möglichst gedankenfrei remixed und danach auf der Straße getragen zu werden.

In der U-Bahn jedenfalls wurde es seit geraumer Zeit getragen.

Hau doch ab und fick deine Katze, sagte einer von denen, die es in der U-Bahn zum Flughafen trugen, und der, der abhauen und seine Katze ficken sollte, rempelte den, der den Vorschlag gemacht hatte, an und sagte, äi.
Sie waren ein paar Jahre älter als Simmy.
Simmy sagt auch äi. Äi wie in Didschäi, und es ist fast das einzige Wort, gegen das Serge allergisch ist, also sagt sie es nicht in Serges Gegenwart, während es ihr nicht so viel ausmacht, daß ich auch allergisch dagegen bin und regelmäßig sage, was heißt hier äi, wenn sie äi sagt.
Ist ja schon gut, sagt sie dann.
Der junge Mann in der U-Bahn hatte äi nicht so gesagt wie Simmy, bei der es manchmal heißt: Ich bin da. Manchmal heißt es: Sei doch nicht so. Manchmal auch: Gute Idee, was du da eben hattest, oder: In Ordnung, machen wir es so.
Eben hieß es ungefähr: Willst du Krach.
Der junge Mann mit dem Katzenvorschlag hatte weniger Pickel als der, der äi gesagt hatte, und ich schloß daraus, daß die anderen drei dafür sorgen würden, daß es keine Schlägerei geben würde, jedenfalls nicht untereinander, aber ich mußte aussteigen und bekam nicht mehr mit, wie es weiterging. Ich dachte, wie arm Meyer-Bromberger im Grunde damals dran gewesen war, als er in der Theaterkneipe auf die Faßbinderleute warten mußte, um eine Schlägerei zu sehen. Als ich ausstieg, wurde es in meinem Rücken laut. Dann ging die Tür zu, und die U-Bahn fuhr ins Schwarze.

Als ich oben auf der Straße war, fing es an zu dämmern. Ich hoffte, daß Simmy bald nach Hause kommen würde; es war nicht einfach Hoffen, sondern inständig, und mir fiel der Anruf vom Vormittag ein, ich merkte, daß ich ihn nicht vergessen hatte, sondern den ganzen Tag dieses Anrufs wegen unruhig gewesen war; aus der chemischen Reinigung kam ein warmer Luftschwall heraus, der nach chemischer Reinigung roch und trotzdem warm war in der Novemberstadtluft, warm und ekelhaft zugleich, und ich ging schneller, weil ich dachte, ich sollte vor Simmy zu Hause sein. Eine alte Frau kam mir langsam entgegen, und als sie so nah ran war, daß wir uns in die Augen sehen konnten, sagte sie, das müssen Sie mir glauben, das habe ich noch nie im Leben gemacht.

Ich sagte, was haben Sie noch nie gemacht.

Sie sagte, ich bin nämlich mit der Rente für die Woche schon zu Ende. Auf dem Amt haben sie gesagt, erst am Montag wieder.

Ich gab ihr Geld, und sie sagte, nur für Kartoffeln und zwei Stangen Lauch. Gott beschütze Sie, mein Kind.

Danach ging ich noch schneller, obwohl es völlig unsinnig war, schneller zu gehen mit den Milch- und Colatüten und dem Katzenfutter, weil Simmy um fünf erst kommen würde und ich zu Hause unruhiger wäre, obwohl ich natürlich die Post machen könnte, die ich noch nicht hatte hochholen können wegen Meyer-Bromberger und dem Theater mit den Nazi-Uniformen und den Extremsportarten und Japan und Eddies Mozartvariationen und einer Reisegruppe nach Teneriffa, und als ich beim Briefkasten ankam, war ich ziemlich gelaufen. Nicht extrem, aber doch ziemlich, ich war durchgeschwitzt.

Auf der gegenüberliegenden Straßenseite stand jemand am Bürgersteig unter einer Laterne und wartete.

Es gibt nichts Normaleres, als daß jemand auf der Straße steht und wartet, dachte ich und wünschte, Serge wäre jetzt zu Hause, aber Serge war jetzt in Valencia und wäre morgen in San Sebastian und käme am Montag erst wieder, und ich würde am Donnerstag in Saarbrücken sein, und auf der Treppe saß Simmy vor der Haustür.

Wartest du schon lange, sagte ich.

Ooch, sagte sie.

Ich sagte, ooch ist keine Zeiteinheit, und sie sagte, weiß nicht, und es stellte sich heraus, daß Saskia einen Termin vergessen hatte, weil sie ihre Zahnspange haßte, während ihre Mutter will, daß ihre Zähne später mal gerade sind und Saskia also den Termin beim Zahntechniker heute nachmittag einhalten mußte, und Simmy hatte nicht mitgewollt und war stattdessen zu Bine, aber Bine mußte weg, weil heute Freitag war und Aufgabenhilfe, und da hatte Simmy erst recht nicht mitgewollt, und ich kam darauf, daß sie erst eine ganze Weile im Kaufhaus herumgebummelt sein mußte und nun schon seit einer ganzen Weile auf der Treppe saß. Ich wollte nicht erwähnen, daß oben in der Küche ein Hausschlüssel hängt, den sie offenbar nicht in der Schule mitgehabt hatte, weil sie dachte, daß sie ihn heute nicht braucht, und weil sie Angst hat, er wird ihr geklaut.

Als Kind klingelte ich immer bei den Leuten nebenan, wenn

bei uns niemand zu Hause war, und es war aufregend, weil es ganz anders war als bei uns. Der Vater war weg oder lag auf der Couch und schlief, weil er Schichtdienst machte, und die Mutter hatte Lockenwickler in den Haaren und ein Kopftuch darüber, das sehr weit vom Kopf abstand. Ich bekam ein Stück Wurstbrot und durchsichtige Limonade, und dann machten sie das Radio an, damit ich mich nicht langweilte, und legten einen Stapel Zeitschriften und eine Kinderschere auf den Tisch, und ich schnitt Prinzessinnen aus und die Paläste und Limousinen, die man als Prinzessin so braucht und die in den Zeitschriften drin waren, für den Fall, bei uns wäre niemand zu Hause, aber das waren natürlich Steinzeitverhältnisse, die Zeit ist längst angestoßen, losgerollt und weitergegangen, weitergerannt, inzwischen rast sie, und Freitag nachmittag um halb vier rast sie auch bei uns im Haus direkt ins Wochenende, bei Plessen & Reitz im Parterre machen sie um drei zu, und das Labor für medizinische Analysen im zweiten Stock ist offenbar sowieso eine Attrappe, weil dort nie Patienten ein- und ausgehen, sondern immer nur junge Frauen leise hinein- und hinausschlüpfen und versuchen, sich unsichtbar zu machen und nicht aufzufallen. Ganz selten einmal hört man sie aufgeregt russisch sprechen, erst nur eine einzelne Stimme sehr laut, so als wäre der am anderen Ende der Leitung taub oder in Rußland, und danach sprechen sie alle durcheinander, bis sie sich daran erinnern, daß sie nicht nur unsichtbar, sondern auch unhörbar sind, und dann sind sie wieder ganz still. Bloß ganz oben ist manchmal nach Büroschluß die Putzfrau gleich anschließend da, wenn sie freitags ihr Enkelkind hat. Sonst kommt sie erst Montag um sechs. Jedenfalls läuft dann der Staubsauger.

Man sollte nicht in einem unbelebten Haus leben, denke ich manchmal, aber es ist ja erst langsam und nach und nach so gekommen, nachdem die Leute, die hier gewohnt hatten, einer nach dem anderen ausgezogen sind, und immerhin können Serge und seine Leute seither bei uns spielen, wenn sie mögen, jedenfalls abends und an den Wochenenden, und es wäre kein Problem, wenn Simmy nicht Angst hätte, ihr würde der Schlüssel geklaut, weil Schlüsselklauen im Augenblick dran ist, nachdem im letzten Jahr Turnschuheklauen dran war.

Ich nehme an, Schlüsselklauen ist drangekommen, nachdem die Mädchen alle Plateausohlen hatten.

Oder Plateausohlen sind drangekommen, damit ihnen nicht die Turnschuhe geklaut werden.

Oben ließ ich das Badewasser für Simmy ein und sagte, schau mal nach, ob Anrufe waren, aber dann ging ich doch selbst.

Es blinkte ein paarmal, und dann waren es mehrere Dinge, die wichtig und eilig waren; die Anrufe waren kurz vor Mittag gekommen und hätten also kurz vor Mittag auch schon mit Rückruf beantwortet werden müssen, weil nach dem Mittag das Wochenende anfinge, aber Serge würde erst Montag kommen, und also waren die Anrufe praktisch schon veraltet, als sie noch eilig gewesen waren, einfach weil niemand ans Telefon gegangen war wegen der eiligen Dinge, und jedenfalls hatten sie sich inzwischen erübrigt, weil jetzt niemand mehr in den Büros zu erreichen wäre. Ein Gutes hatte das Essen mit Meyer-Bromberger immerhin gehabt.

Das Buch über Ingrid Bergman lag auf dem Tisch und wartete, daß eine Schere sich irgendwo zeigte, damit ich die beiden Bilder ausschneiden könnte, auf denen sie so froh aussah, daneben lag das Fax mit den Fragen zu Eddie, auf dem Sessel lag das Theaterskript, und es war nicht das erste Mal, daß mir klarwurde, es gibt nichts Normaleres als ein Mißverständnis. Ich räumte die drei Mißverständnisse in die Ecke und nahm an, daß sie dort zusammen mit anderen, die schon länger da lagen, demnächst Wurzeln schlagen würden, bis Serge eines Tages sagen würde, hat dieser Stapel was zu bedeuten.

Sieht er so aus, würde ich sagen und ihn wegräumen, weil es einer von den harmloseren Stapeln von Mißverständnissen war, aber mir würde Emmerling einfallen, der Eddies Geige eine Kitschfiddel genannt hatte, die in einen Vorortzirkus gehörte, also würde mir auch Mike einfallen, mir würde die Nazi-Uniform einfallen, in die Meyer-Bromberger die Sphinx stecken wollte, weil Meyer-Bromberger weiß, daß die Nazis, außer daß sie diese Uniformen hinterlassen haben, auch noch ziemliche Spezialisten in Sachen Inszenierung gewesen sind und man beim Inszenieren von ihnen allerhand lernen kann, seit es nicht mehr so wichtig ist, wie etwas ist, und ob es blau oder grün ist, sondern allein, wie es inszeniert ist, und plötzlich hatte ich das Gefühl, daß diese Mißverständnisse nicht so harmlos wären und daß ich womöglich mit Serge nicht dar-

über würde sprechen können, weil Serge darüber nur noch sehr selten spricht.
Ich rief Meyer-Bromberger an und sagte dem Anrufbeantworter, ich glaube, wir sollten uns trennen.

Seit Serge nach Eddies Tod und den Nachrufen gesagt hatte, als ob einer tot im Hotelzimmer liegt, wenn nichts gewesen wäre, hatten wir oft darüber gesprochen, was mit Eddie passiert war. Nicht darüber, warum Eddie tot im Hotelzimmer gelegen hatte, weil das im Totenschein stand, sondern über die Frage des »Als ob« überhaupt.
Serge hatte gesagt, was auch Eddie immer gesagt hatte, das eine ist die Musik, und da gibt es keine Ursache und keine Wirkung. Punkt.
Ich hatte gesagt, und das andere.
Das andere ist die Wirklichkeit, hatte Serge gesagt, und mit der Wirklichkeit war es so, daß ich dachte, er schafft es nicht, weil sie aus Ursachen und Wirkungen besteht.
Wenn er davon sprach, bekam er vor Wut dunkle Augen.
Als Simmy vier wurde, hatte er eines Tages plötzlich gesagt, laß uns im Sommer die Côte d'Azur-Tour machen, und ich war furchtbar erschrocken, weil es eine Tour war, die sie früher gemacht hatten, in den ersten Jahren, als Eddie nach seiner amerikanischen Zeit nicht zurechtkam mit der Frage, ob er E oder U wäre, weil er schon die Frage nicht verstand und die Antworten der Jazztheologen folglich auch nicht verstand und lieber in Hotelbars spielte, als sich mit den Jazzgeboten der Jazztheologen und dem E und dem U hierzulande zu pla-

gen, und dann fing Serge auch an, in den Hotelbars mit Eddie zu spielen, nachdem er das Konservatorium hinter sich hatte, und die ersten Jahre waren für beide sehr gut, weil sie sich offenbar immerzu etwas erzählten, was keine Ursache und keine Wirkung hatte, es fand nur statt und war da, und jeder konnte es hören, und wenn etwas keine Ursache und keine Wirkung hat, dann hat es für den, der es hört, allerdings eine Wirkung, und schließlich hörte es Rosalie auch, und nachdem sie es zufällig gehört hatte, wußte sie, daß Eddie und Serge nicht in Hotelbars gehörten, weil sie eben nicht für den Weihnachtsverkauf oder den Barbetrieb spielten, sondern daß einem das Blut in den Adern gefror, und so fing Rosalie an, die beiden aus den Hotelbars raus und auf die Festivals an der Côte d'Azur zu holen, und danach klapperten sie einen Sommer lang alle Festivals im Süden ab, weil es natürlich etwas anderes ist, zu zweit in einen freien Himmel zu spielen als in einer Hotelbar, wo der Himmel sehr niedrig ist und lauter kleine falsche Sterne dran befestigt sind und ganz falsch glitzern. An der Côte d'Azur fanden sie Mike und Eric und schließlich Queeny, die damals schon ziemlich bekannt war und die sich augenblicklich in Eddie und seine Geige verliebte. Im zweiten Sommer fuhren sie alle fünf zusammen. Unterwegs kamen Eddie und Serge auf »Blue Heaven« und arbeiteten es allmählich durch, bis sie die Fassung hatten, die sie dann schließlich aufnahmen, und im dritten Sommer besuchte ich sie. Sie waren großartig, und es war während der Woche, die ich da unten mit ihnen herumfuhr, daß mir klar wurde: Eine Kugel kann nach oben rollen. Als ich es Eddie sagte, schaute er mich groß an, lachte laut und sagte, sag nicht, du wußtest das nicht.

Inzwischen war Eddie tot, Mike war in München, Queeny war längst nicht mehr in Europa, Simmy war vier, ich hatte das Studium fertig und den Zirkus mit »Als ob« hinter mir und nur die Hälfte verstanden, und eines Tages sagte Serge, laß uns die Côte d'Azur-Tour machen, und ich erschrak, weil nichts mehr so war wie vorher. Serge hatte die senkrechte Falte zwischen den Augenbrauen, die er seither immer hat, sobald er die Geige in die Hand nimmt.

Das Fernsehen hatte schon seit längerer Zeit die Wirklichkeit übernommen. Es waren nicht nur die Schranken zwischen E und U etwas gelockert worden, sondern ganz andere Mauern gänzlich gefallen, jede Menge Ursachen hatte jede Menge Wirkungen gehabt, von denen keiner auch nur das geringste begriff, weil alles anfing, sehr schnell zu gehen und sich sehr schnell von Zukunft in Steinzeit zu verwandeln, Wörter wurden einander hinterhergejagt und durch neue Wörter ersetzt, aus Tonspuren wurden Soundtracks, aus Filmen Clips, aus Verrat wurde Mobbing, aus Wirklichkeit wurde Fiktion, und Meyer-Bromberger, der in der Zeit bei uns auftauchte, um zu sehen, was man in Sachen »Als ob« für mich tun könnte, nachdem er gehört hatte, daß Simmy vier war und ich folglich beschränkt sein müßte, wo doch Serge seit zwei Jahren nicht mehr spielte, Meyer-Bromberger also hatte Luigi Nono längst vergessen, von John Cage hatte er rückwirkend niemals auch nur den Namen gehört, weil er sehr damit zu tun hatte, im allgemeinen Remixen nicht den Überblick zu verlieren, welche Religion denn nun nach der Abschaffung jeglicher Kunst das Rennen machen würde, und Serge sagt, laß uns die Côte d'Azur-Tour machen, immerhin könnte man Eric fragen. Eric spielte inzwischen mit zwei anderen Leuten in einem Bach-Trio mehr oder weniger die Kunst der Fuge in allen möglichen Vorwärts- und Rückwärtsvariationen, und sie waren einverstanden, und schließlich war es Rosalie, die sie überredete, Joana mitzunehmen.

Rosalie sagte, sie hat diese Stimme, und es stimmte, sie hat eine Stimme wie Ella, aber wenn man sie nur einmal gesehen hat, muß man die Augen zumachen, um überhaupt noch was hören zu können.

Simmy sagte, ich geh jetzt ins Bad, und als sie im Bad war, klingelte das Telefon.

Sie rief, das ist für mich. Ich sah den Stapel harmloser Mißverständnisse in der Ecke liegen und ging ran.

So was wie euch, das gehört ausgerottet, sagte die Stimme, und ich sagte, so was wie ihr, und legte auf.

Im selben Moment war mir klar, daß auch dies womöglich zu einem Mißverständnis geführt haben könnte, und zwar zu einem der nicht ganz harmlosen Sorte.

Ich dachte, wenn der Mann nun denkt, daß ich meinte, so was wie er gehörte ausgerottet, dann könnte er es als Drohung verstanden haben. Als Gegendrohung sozusagen, und natürlich meinte ich keineswegs, daß er ausgerottet gehörte, bloß weil er so was Normales machte wie anonyme Anrufe, auch wenn ich es besser fände, er machte sie nicht, weil er damit Leuten einen höllischen Schreck einjagen konnte, außerdem kannte ich ihn ja gar nicht und wußte folglich nicht, wer »so was wie er« wäre, weil ja schließlich nicht zwei anonyme Anrufer dasselbe sind, so, als wären zwei anonyme Anrufer nichts anderes als zwei Gegenstände, von denen es natürlich schon dieselben zweimal geben kann, aber keinesfalls kann es, bis jetzt jedenfalls, von Menschen zweimal dieselben geben, also kann ich zu zwei oder mehreren Menschen auch nicht »so was wie« sagen, höchstens könnte ich »so jemand wie« sagen, weil es zwar jede Menge Sorten von Mißverständnissen geben kann, aber nicht jede Menge Leute, auch wenn sie sich alle inzwischen sehr ähneln in dem, wie sie aussehen und was sie sagen und wie sie handeln, seit die meisten zur Geldreligion konvertiert sind und das Fernsehen die Wirklichkeit übernommen hat, aber weder denke ich, sie sollten einzeln oder in Mengen ausgerottet gehören, noch hatte ich einzelne anonyme Anrufer oder Teil- oder Gesamtmengen von anonymen Anrufern gemeint, als ich eben gesagt hatte, so was wie ihr, weil es nicht richtig ist zu sagen, so was wie euch, und ich mag es nicht, so zu tun, als ob es beliebig wäre, ob es richtig oder falsch ist, wie man etwas sagt, und ich fing an zu bedauern, daß der Anruf eben ein anonymer Anruf gewesen war, weil ich gern klargestellt hätte, daß ich nicht der Meinung bin, der Anrufer sollte in seiner Eigenschaft als Teilmenge der Gesamtmenge aller anonymer Anrufer ausgerottet gehören, und bei der Gelegenheit hätte ich ihn beiläufig womöglich danach fragen können, was er damit gemeint hatte, als er »so was wie euch« gesagt und so was wie uns gemeint hatte, weil ich zwar verstanden hatte, daß er gemeint hatte, ich persönlich in meiner Eigenschaft als Teilmenge einer Gesamtmenge gehörte ausgerottet, aber jetzt war mir die Gesamtmenge unklar, und ich hätte gern gewußt, wen ich womöglich von dem Wunsch eines anonymen Anrufers nach Ausgerottetwerden benachrichtigen sollte, damit wir uns einzeln oder gemeinsam vor dem Ausgerottetwerden schützen könnten, von dem natürlich sehr unwahrscheinlich war, daß der anonyme Anrufer es nicht beim Wünschen belassen würde, weil sie in der Fernsehsendung über Exhibitionisten, anonyme Anrufer und Amokläufer, die ich mit Simmy gesehen hatte, gesagt hatten, es sei sehr selten, daß erstere gefährlich würden, und bei letzteren sei es bedauerlicherweise in der Regel zu spät.

Ich überlegte eine Weile, wer wir wären, die in Euch-Form ausgerottet gehörten, und wen ich deshalb anrufen und warnen sollte, und es fielen mir eigentlich nur Serge und Simmy und etwas entfernter Jolanda ein, und keiner von uns ist Mitglied in irgendeinem Verein oder einer Gewerkschaft, die vielleicht auch von dem Ausrottungswunsch des Anrufers betroffen sein könnte, und es ist sehr schwer zu sagen, ob Serge und Simmy und ich auch nur irgend etwas an uns haben, weswegen man fälschlich »so was wie euch« zu uns sagen könnte, wenn man schon nicht richtigerweise »so was wie ihr« zu uns sagt, und auf keinen Fall würde ich Simmy sagen, daß jemand ihre Ausrottung wünscht.

Serge hatte ich gestern schon angerufen wegen der Sache mit

der irrtümlichen Immobilie, und ich dachte, er ist in Valencia jedenfalls nicht unmittelbar von Ausrottung bedroht, also sollte ich ihm den anonymen Wunsch danach vielleicht besser ersparen, damit es ihm nachher beim Konzert nicht so ergeht wie seinerzeit mir in Hamburg, als ich plötzlich unruhig war, bloß weil jemand im Hotel einen Umschlag ohne Absender, aber mit meinem Foto darin abgegeben hatte, das er oder jemand anders zerrissen hatte.

Es ist vermutlich nicht verboten, absenderlose Umschläge mit zerrissenen Fotos darin an Hotelrezeptionen abzugeben, also ist es wahrscheinlich auch nicht verboten, Leute telefonisch mit Ausrottungswünschen zu behelligen, solange man nicht ordnungswidrig bei Rot über die Straße geht, dachte ich, und gleich kommt Jolanda, also ging ich zum Fenster, um nachzusehen, ob der Mann gegenüber immer noch unter der Lampe stünde.

Er stand nicht mehr da.

Natürlich stand er nicht mehr da, denn wenn er auf jemanden gewartet hatte, dann mußte der, auf den er gewartet hatte, inzwischen ja längst gekommen sein und ihn abgeholt haben, und wenn nicht, hätte der Mann das Warten inzwischen aufgegeben und wäre zu Fuß gegangen oder hätte die U-Bahn genommen, die schließlich nur sieben Minuten entfernt ist.

Wenn es aber der Mann gewesen war, der unsere Ausrottung wünschte, wäre er sowieso nicht mehr da, weil er von der kaputten Telefonzelle aus jedenfalls nicht hätte telefonieren können. Außer natürlich, er hätte ein Handy.

Offenbar hat er kein Handy, dachte ich, und dann fiel mir Meyer-Bromberger ein, der es unprofessionell findet, daß ich kein Handy habe, weil ich für Meyer-Bromberger ein Promi bin und weil Promi, Profi und Handy zusammengehören, und ich bekam keine Angst, weil ich dachte, dieser Anrufer ist einfach nicht professionell. Ich dachte es in Meyer-Brombergers Tonfall, also mußte ich sogar beinah lachen. Gleichzeitig wurde mir ein bißchen bang, weil ich mich endlich von Meyer-Bromberger getrennt hatte. Ich hoffte, daß wenigstens Serge sich nicht von Rosalie trennen würde, weil man sich schließlich nicht von allen trennen kann, und in den letzten Jahren haben sich fast alle von fast allen getrennt, und wenn sie sich nicht getrennt haben, sitzen sie nebeneinander im »Nagasaki«, was beinah dasselbe ist, weil man zum Sprechen jemand braucht, der einem gegenüber ist, und nur wenn man sich sehr gut kennt, mag man jemanden neben sich, aber das hat nichts mit dem Sprechen, sondern mit dem Leben zu tun, und ich hatte mich von Meyer-Bromberger getrennt. Vielmehr von seinem Anrufbeantworter.

Ich rief ins Bad, Simmy, beeil dich, gleich kommt Jolanda, und Simmy rief zurück, wer wars.
Nicht für dich, rief ich und hörte, wie Simmy sagte, Mist.
Was ist Mist, sagte ich, als sie aus dem Bad kam und überall diesen Duft verströmte, mit dem wir leben, seit Saskia kürzlich beim Ballspielen in der Sportstunde das erste Härchen unter Simmys Armen entdeckt hat, gegen das offensichtlich ein Werbespot hilft, von dem Simmy und ich finden, daß er

nicht unter die ersten zehn gehört, mit denen man über den Grand Canyon fliegen kann, wenn man gewinnt, oder irgendwo anders hin, aber Hauptsache, er hilft, und sie braucht ihn nicht zum Geheimnis zu machen, sondern kann ihn ins Bad stellen, denn ganz entschieden ist dieser Werbespot nicht so gut in Simmys Zimmer versteckt zu halten wie ein Lippenstift, der nach Himbeeren schmeckt, obwohl Simmy sich irrt, wenn sie denkt, daß Lippenstifte, die nach Himbeeren schmecken, nicht auch nach Himbeeren riechen oder nach etwas ähnlichem jedenfalls, aber natürlich längst nicht so alles durchdringend wie dieser Duft, dem ein wenig Himbeerbeimischung wahrscheinlich nicht schaden würde.
Ach Mist, sagte Simmy und deutete an, daß nicht nur ihr verwarteter Nachmittag oder ihre noch zu machenden Schulaufgaben eine Lebenslast wären, sondern auch der ausgebliebene Anruf von Mascha, die versprochen hatte, ihr was in Mathe zu erklären.
Wie ist es mit Erdkunde gegangen, fragte ich.
Nicht drangekommen, sagte sie, und ich sagte, Schicksal, und ob sie vielleicht mir das Problem mit Mathe …
Ach nee, sagte Simmy, bei euch war das damals alles noch total anders. Du bringst mich bloß durcheinander.
Ich hatte eine Antwort auf der Zunge und hätte ihr gern erzählt, daß vor nicht sehr langer Zeit gerade ein Problem gelöst worden war, das sie im Prinzip seit der Antike hatten, und vor dreihundertfünfzig Jahren hatte es einer entdeckt und auch gleich gelöst, nur hatte er die Lösung ziemlich bruchstückhaft irgendwo an den Rand eines alten Buches hingekritzelt, wo

kein Platz dafür war, und dann hatte er auch noch an den Rand geschrieben, daß hier kein Platz für seinen wahrhaft wunderbaren Beweis wäre, und die nächsten dreihundertfünfzig Jahre hatten sie mehr oder weniger damit zugebracht, etwas herauszufinden, was einer aus Platzgründen nicht aufgeschrieben hatte, vermutlich, so denke ich mir das jedenfalls, hatte er diese Platzgründe aber nur vorgeschoben und die Lösung nicht aufgeschrieben, weil er sehr viel über Mißverständnisse nachgedacht hatte und also wußte, daß die Nachwelt sowieso alle Probleme und Lösungen wieder vergißt, weil sie alles vergißt, was sie nicht selbst herausgekriegt hat. Serge und ich hatten über diese mathematische Geschichte öfter nachgedacht, weil Serge es genial findet, ein Problem zu lösen und die Lösung bei sich zu behalten, und ich weiß nicht, ob ich es genial oder gemein finden soll, weil es für diejenigen in der Nachwelt, die das Problem auch gefunden haben und unbedingt lösen wollen, die blanke Verzweiflung sein muß, darüber nachzudenken und die Lösung nicht zu finden, die jemand früher schon hatte, und genau während er über dieses Problem nachdachte, hatte sich ein Japaner, der sehr nah an der Lösung dran war, vor vierzig Jahren umgebracht, und es war unklar, warum. Serge und ich hatten manchmal darüber gesprochen, während ich »Als ob« schrieb, ob er sich deshalb umgebracht hatte oder wegen etwas anderem, wir waren darauf gekommen, daß es in der Mathematik nicht anders ist als in der Musik mit der Frage von Ursache und Wirkung, und jedenfalls hätte es Simmy nicht interessiert, daß die Mathematik sich in längeren Zeiten nicht geändert hat als in den paar Jahren zwischen ihrer und unserer Schulzeit, die für Simmy natürlich zur Steinzeit gehört, und sobald Simmy ihre Mathe-Arbeit geschrieben hat, kommt auch Pythagoras wieder dahin, wo er hingehört, und Serge und ich werden eines Abends wieder nicht wissen, ob Spots und Clips und Labels und Geldgesetze tatsächlich das einzige sind, was in die Zukunft gehört, bloß weil die Zeit sich mit Überschallgeschwindigkeit in die Zukunft stürzt und alles abhängt, was vorher war, aber das ist nichts, um es mit Simmy zu besprechen, schon gar nicht vor einer Mathe-Arbeit.

Dann ruf lieber jetzt bei Mascha an, sagte ich, nachher kommt nämlich Jolanda.
Das hast du schonmal gesagt, sagte Simmy.
Und ruf vom Flur aus an, sagte ich, ich muß nochmal an den Computer.
Willkommen, sagte der Computer, Sie haben Post.
Man müßte es schaffen, dem Computer klarzumachen, daß er im Irrtum ist, wenn er sagt, willkommen. Oder man müßte herausfinden, wie man die Stimme abstellt.
Es war eine Nachricht von Rosalies Sekretärin, die mir ausrichtete, daß Rosalie in London sei und am Nachmittag vergeblich versucht habe, Serge zu erreichen. Das hatte mir Rosalie auch auf den Anrufbeantworter gesagt und um Rückruf bis gegen halb fünf gebeten, weil sie um fünf irgendwo zum Teetrinken verabredet war. Dann hatte sie gesagt, es sei wichtig. Offenbar hatte sie danach ihre Sekretärin angerufen, und also schrieb die Sekretärin mir, daß es wichtig sei und Rosalie

Serge um einen Rückruf unter der und der Nummer in London bitte, es ginge um San Sebastian.
Ich rief von Serges Apparat aus in Rosalies Büro an, aber erwartungsgemäß war dort schon Wochenende. Dann rief ich die Londoner Nummer an, die Rosalies Sekretärin mir für Serge gegeben hatte, aber es ging niemand ran. Schließlich überlegte ich, ob ich Serge anrufen sollte, um ihm zu sagen, daß er entweder Rosalie in London oder ihre Sekretärin in Berlin anrufen solle wegen San Sebastian, und daß es wichtig sei.
Serge würde fragen, worum es ginge, und ich würde sagen, keine Ahnung.
In Wirklichkeit hatte ich sofort bei Rosalies Anruf eine Ahnung gehabt, worum es gehen könnte, und nach der Nachricht von Rosalies Sekretärin hatte sich die Ahnung unangenehm verdichtet, aber weil es nur eine Ahnung war, würde ich Serge sagen, keine Ahnung. Dann würde ich ihm auch noch sagen müssen, daß er im Augenblick weder in Berlin die Sekretärin noch in London Rosalie erreichen könnte, und Serge wäre nicht damit geholfen gewesen, daß ich kurz vorher gesagt hätte, keine Ahnung, weil er sofort auch eine Ahnung gehabt hätte, was wegen San Sebastian so wichtig wäre, daß hier das Telefon klingelt, der Anrufbeantworter blinkt und der Computer »Sie haben Post« sagt; also dachte ich, wenn er jetzt sowieso niemanden erreichen kann, ist es auch nicht so wichtig.

Es klingelte. Der Computer sagte, bis bald.
Ich sagte, ich fürchte, Sie haben recht, und machte ihn aus.
Simmy hatte das Telefon am Ohr und einen Bleistift quer im Mund, als sie Jolanda die Tür aufmachte.
Sie sagte, ich ruf dich gleich noch mal an, wir haben gerade Besuch. Ach so. Scheiße. Kann man nichts machen. Dann sagte sie, kann noch einen Moment dauern.
Jolanda sagte, laß dir Zeit, ich lauf ja nicht weg. Simmy nahm den Bleistift aus dem Mund und telefonierte weiter.
Mathe, sagte ich, und Jolanda sagte, laß dich anschauen. Ist was mit dir nicht in Ordnung.
Ich schaute kurz in den Flurspiegel und sah auch, daß mit mir was nicht in Ordnung war.
Sieht aus wie November, sagte ich, das hast du doch selbst gesagt. Schön, daß du da bist.
Ist was mit dir und Serge, fragte Jolanda.
Ich lachte und sagte, wenn man davon absieht, daß Serge wegen der Granstein-Immobilie in Leverkusen mit einer Agentur verhandelt, ohne daß ich davon weiß, und daß jemand, der am Telefon keinen Namen sagt, findet, daß sowas wie wir ausgerottet gehört, wüßte ich nicht, was mit Serge und mir sein sollte, aber gerade heute hat ein Leistungskurs II der Oberstufe in X danach gefragt, wie Serge die Tatsache beurteilt, daß er mein Lebensgefährte ist. Vielleicht sollte ich ihn mal fragen.
Mach keinen Quatsch, sagte Jolanda, und wir gingen in die Küche.
Kalbsnieren, sagte ich, und sie sagte, wunderbar.

Auf der Postkarte aus Bad Stelen hatte sie geschrieben, vielleicht irre ich mich, aber das Essen, das sie einem hier anbieten, schmeckt nicht, wie Essen schmecken sollte. Vielleicht ist es so, wenn man alt wird.
Ich sagte, dann wollen wir doch mal sehen, ob es mit deinem Alter oder der Gurkenbranche zu tun hat, wenn das Essen nicht schmeckt.
Was für eine Gurkenbranche, sagte Jolanda, und ich erzählte ihr die Geschichte zwischen Eddie und Mike in Hanau.
Sie sagte, ist Mike noch immer in München.
Keine Ahnung, sagte ich. Senfsahne oder Knoblauch und Petersilie, was magst du lieber.
Hauptsache, keine Gefängniskost, sagte sie und zählte grimmig auf, was alles für Leute in ihrem Alter nach Meinung der Ernährungswissenschaftlerin in Bad Stelen Gift sei, und es war ungefähr alles, was schmeckt. Kalbsnieren waren offenbar so giftig, daß sie in Jolandas Aufzählung gar nicht erst vorkamen.
Simmy kam aus dem Flur, sah die Nieren und sagte, ii.
Jolanda gab ihr ein Paket.
Sieht nach Buch aus, sagte Simmy und packte es aus.
Es war genau derselbe »Harry Potter« wie der, der drüben auf einem Sessel vor dem Fernseher neben ihren Kopfhörern lag und schon einigermaßen mitgenommen aussah, weil Simmy es nicht hinkriegt, Cola zu trinken, ohne die Augen vom Buch zu nehmen, und wenn es so spannend wird, daß sie es nicht mehr aushält, lutscht sie beim Lesen Nutella. Sie nahm das Buch, und ich war meinerseits gespannt, was passieren würde.

Danke, sagte sie lächelnd und umarmte Jolanda. Soll toll sein, hab ich gehört. Kann ich »Wie wird man Millionär« gucken.
Dieser Mike, sagte Jolanda.
Ich sagte, ich bin sicher, daß du es kannst, aber wenn du versprichst, die Nieren nachher wenigstens mal zu kosten, darfst du es gern probieren.
Käi, sagte Simmy und zog einen Ekelflunsch wegen der Nieren, und um mir zu zeigen, was sie von den erpresserischen Erziehungsmethoden ihrer Mutter hält.
Dieser Mike, sagte Jolanda, als Simmy rübergegangen war. Ich sagte nichts.
Jolanda sagte, aber einer muß es gewesen sein.
Gut, daß Serge nicht da ist, dachte ich, weil Serge auch denkt, daß es Mike gewesen ist, obwohl es jeder gewesen sein könnte, außer Queeny und Serge natürlich und Eric, weil man ja nie herausfindet, wer es genau gewesen ist, und schließlich könnte es auf die Art sogar Emmerling gewesen sein, schon wegen Queeny, an die er sich gern herangearbeitet hätte, aber Serge denkt, daß es Mike gewesen ist, und im Grunde ist es jetzt nicht mehr wichtig.
Er hat es mir viel später gesagt, einige Jahre nach Eddies Tod, und da hatte ich schließlich verstanden, weshalb er noch mal an die Côte d'Azur gewollt hatte. Er sagte, in der Nacht nach dem Konzert in Juan les Pins wäre ihm klargeworden, daß er es die ganze Zeit schon gewußt hatte und nur nicht vor sich selbst hatte zugeben wollen, und es muß ihm schlimm gewesen sein, davon zu sprechen, aber noch schlimmer mußte es gewesen sein, die ganze Zeit nicht davon zu sprechen.

Wir hatten »Als ob« hinter uns und nur noch selten darüber gesprochen, daß es einer gewesen sein mußte, weil das zu den Dingen gehört, wo man über Ursache und Wirkung nachdenken kann, bis man verrückt wird, aber jedenfalls wußten wir beide, es ist unsinnig zu sagen, Eddie hat dieses Kokain nicht gehabt, obwohl es die blanke Wahrheit ist, denn wenn Eddie das Kokain gehabt haben sollte, dann hat er es nicht gewußt, und wenn einer nicht weiß, daß er Kokain hat, dann ist es das gleiche, als wenn er es nicht hätte, nur hatten sie nicht geglaubt, daß er es nicht gewußt hatte, und deshalb ist es unsinnig, es zu sagen, obwohl es klar war, daß er es jedenfalls nicht gehabt hat, als die Polizei ins Hotel kam und in Eddies Zimmer nach Kokain suchte. Sonst hätten sie es ja gefunden. Nur mußte jemand die Polizei schließlich auf die Idee gebracht haben, in Eddies Zimmer nach Kokain zu suchen, und als sie dann keines fand, mußte trotzdem niemand die Geschäftsführung des Hotels auf die Idee bringen, Eddie rauszuschmeißen, weil es klar ist, daß die Anwesenheit von Polizei in einem Hotel dem Hotel nicht eben Gäste bringt, sondern eher vergrault, und so kamen die Zeitungen auf die Idee, daß Eddie das Kokain gehabt haben muß, weil das Hotel ihn nicht rausgeschmissen hätte, wenn er kein Kokain gehabt hätte, und einer mußte es gewesen sein.

Als ich »Als ob« schrieb, hatte ich nicht darüber nachgedacht, wer es gewesen war, und außerdem ist Jänk natürlich nicht Eddie, obwohl »Als ob« mit Eddies Tod zu tun hat, weil es nach Eddies Tod gewesen ist, daß Serge sagte »Als ob jemand tot im Hotelzimmer liegt, wenn nichts gewesen wäre«, und die Frage von Ursache und Wirkung hat nichts mit der Musik zu tun, die Eddie und Serge machten und die Serge nach Eddies Tod erst eine Weile nicht machen konnte.

Eigentlich habe ich »Als ob« für Serge geschrieben, weil ich dachte, er schafft es nicht, und natürlich habe ich es nicht geschrieben, um Eddie zu rehabilitieren, weil es an Eddie nichts zu rehabilitieren gab, und so war das Mißverständnis gekommen, weil die einen sagten, eine Legende rehabilitiert man nicht, und weder ist Jänk eine Legende, noch wäre ich auf die Idee gekommen, Eddie zu rehabilitieren. Die anderen fanden Jänk stellenweise zum Lachen und sagten, daß Eddie durch diese Kokaingeschichte tragisch zu Tode gekommen und daher nicht komisch wäre; und außerdem gab es sowieso nichts zu lachen, weil er inzwischen eine Legende war, aber natürlich war Eddie noch keine Legende, als er noch lebte und ich ihn kannte. Er konnte wunderbar schallend lachen und so froh aussehen wie Ingrid Bergman auf den beiden Fotos, die ich ausschneiden werde, sobald Serge zurück ist, aber Jänk ist natürlich nicht Eddie.

Ich hatte auch »Sphinx« nicht wegen Eddie geschrieben, obwohl ich zu der Zeit schon sicher war, daß jemand Eddies Leiche im Keller hat. Es war einfach so, daß ich »Sphinx« erst wegen Simmy und ihrem Fahrrad geschrieben und dann beim Nachdenken und später beim Schreiben nach und nach gemerkt hatte, daß hierzulande fast jeder Keller Leichen enthält. Es ist häufig so, daß man erst nach und nach merkt, daß etwas, worüber man nachdenkt, gar nicht so selten vorkommt, wie man denkt, daß es in Wirklichkeit vorkommt. Als ich Simmy bekam, wurde mir zum ersten Mal klar, wie viele schwangere Frauen in der Welt herumlaufen, und jetzt laufen sehr viel weniger schwangere Frauen herum; tatsächlich weiß ich, daß es inzwischen weniger schwangere Frauen gibt als zu der Zeit, als ich schwanger war, aber das weiß ich nur aus der Zeitung; und vielleicht würde ich heute staunen, wie wenige Frauen schwanger herumlaufen, wenn ich schwanger wäre und es mir einfach deshalb auffiele.

So ähnlich wie mit den vielen schwangeren Frauen war das jedenfalls mit den Leichen im Keller und mit »Sphinx«, und kurz darauf sagte Meyer-Bromberger zu mir, Menschenskind, Sie haben wieder einmal die Nase im Wind gehabt, weil nicht nur die Schranken zwischen E und U, sondern noch ganz andere Mauern gefallen waren, und immer wenn Mauern fallen, wird in den Kellern gegraben, und dann werden natürlich Leichen gefunden, jedenfalls bei denen, die nicht auf Zack waren und sie rechtzeitig weggeschafft und in anderer Leute Keller gebunkert haben.

Nachdem ich mit »Sphinx« fertig war, hatte Serge mir gesagt, daß ihm seit einiger Zeit, seit wir nach Eddies Tod noch mal die Côte d'Azur-Tour gemacht hatten, klar wäre, daß es Mike gewesen sein mußte, es wäre ihm in Juan les Pins klargeworden, und er würde es nur jetzt, nur heute nacht und auch nur einmal und dann nirgends und nie mehr jemandem sagen, und nachdem »Sphinx« jetzt fertig sei, wäre er nicht mehr sicher, ob es wichtig wäre. Ich wußte auch nicht, ob es noch wichtig wäre, und fragte, wieso ausgerechnet in Juan les Pins.

Serge sagte, es war in dem Sommer nach »Blue Heaven«, erinnerst du dich. Ich sagte, und ob ich mich erinnere, und Serge sagte, Queeny kannte einen Haufen Leute.
Queeny war damals in Frankreich ziemlich bekannt. Halb Paris war ihr hinterhergereist an die Côte d'Azur, und wem halb Paris hinterherreiste, dem reiste auch die halbe Jazzgemeinde hierzulande hinterher, und so hatte Mike auch Emmerling kennengelernt, nachdem der sich an Queeny ein Stück weit herangearbeitet hatte und nach dem Stück mit dem Heranarbeiten nicht mehr recht vorwärts kam, weil Queeny mit Eddie glücklich war, und so arbeitete sich Emmerling also an Mike ran, um über Mike vielleicht bei Queeny weiterzukommen. Trotzdem glaubte Serge nicht, daß Mike es wegen Emmerling gesagt hatte, aber zufällig hatte er es eben gehört, als er nach dem Konzert runterging an den Strand, und da saßen unter anderen dann auch Mike und Emmerling, und Serge wollte Mike nur rasch sagen, daß wir ins Hotel gehen würden und bei Eddie noch was trinken wollten, weil hinterher alle aufgekratzt waren und wie immer lieber in Eddies Zimmer aufgekratzt sein wollten als mit den vielen Leuten drumherum, von denen es etliche gab, die sich an einen von ihnen heranarbeiten wollten. Serge sagte, Emmerling hatte damals mehrere Maskottchen im Gepäck, und Mike hätte wahrscheinlich gern ein Maskottchen von Emmerling übernommen, er gab an und balzte herum wie ein Weltmeister, und wegen Emmerling hätte er sich bestimmt nicht so aufgeblasen, bei Emmerling hätte er es anders gemacht.
Sie saßen also da rum, und natürlich hörten sie Serge nicht

kommen, weil sie ja am Strand saßen und aufs Meer schauten, sie rauchten und hatten sich was zu trinken mit runtergebracht, und hier und da quietschte eins von den Mädchen, und plötzlich hörte Serge, wie Mike sagte, ach der, das ist doch nichts als ein Vorzeigesarotti, den schieb ich demnächst mal vom Fenster. Den häng ich locker ab.

Das Mädchen, zu dem er das sagte, protestierte kichernd und schaute Emmerling an, weil sie nicht wußte, ob es sich gehörte, daß Mike einen Vorzeigesarotti vom Fenster schieben und zugleich abhängen würde, aber Emmerling sagte nichts, weil er natürlich weiter hören wollte, was Mike sagen würde.

Die Leute waren zwar ursprünglich wegen Queeny hierhergereist, aber jeder, der nicht stocktaub war, konnte hören, was Eddie und Serge mit ihren Geigen machten, nachdem sie die Hotelbars los waren und endlich den leeren Himmel über sich hatten, zuerst hatte es jemand von »Nice Matin« gehört und danach ein paar Pariser, und natürlich war es für die Leute, die es damals schon längst nicht mehr mit dem Bebop hatten, ziemlich etwas Neues, obwohl es in Wirklichkeit nicht neu war, sondern nur anders. So anders wie etwas ist, wenn die Kugel nach oben rollt; und jedenfalls stand es in der Zeitung, und außerdem erzählte Queeny es jedem, der es hören wollte, weil sie froh war, daß sie sich alle gefunden hatten und vor allem daß sie, Queeny, Eddie gefunden hatte.

Mike war eine ausgezeichnete Rhythmusgitarre, der Himmel war nichts für ihn, weil Rhythmus etwas ist, das auf der Erde stattfindet, das ist so klar wie Waagerecht und Senkrecht, so klar wie Wegschieben und Abhängen, und jedenfalls war es eine durchaus waagerechte Bewegung, die Mike in Hinblick auf Eddie ankündigte, und dann setzte er noch hinzu, die Zeiten, wo einer mit seiner Kitschfiddel durchkommt, bloß weil er ein paar Jahre lang durch die Staaten getingelt ist, um irgendeinen Sergeant zu finden, der vor Urzeiten seiner Mutter ein Besatzungsgeschenk hinterlassen hat, die Zeiten sind demnächst vorbei.

Ich erinnere mich, daß Serge an dem Abend erst um halb drei ins Hotel kam und sagte, Mike sei nirgends zu finden, er müsse irgendwo draußen sein und womöglich einen Spaziergang am Wasser machen, in der Stadt sei er jedenfalls nicht.

Als er mir das erzählte, sagte ich, vermutlich warst du es, der einen Spaziergang am Wasser gemacht hat, und Serge sagte, einmal ums Cap rum und hoch bis fast nach Antibes.

Heute ist das alles nicht mehr ganz leicht zu verstehen, weil die Zeit so gerast ist, daß man Mühe hat mitzubekommen, wer gerade wen wegräumt, abhängt, erledigt, aber zu der Zeit waren sie noch nicht so weit. Inzwischen macht man es eigentlich lieber mit Sex, weil es zu mühsam ist, jemanden, bei dem die Polizei kein Kokain gefunden hat und der deshalb aus dem Hotel rausgeschmissen wurde, in die Zeitungen zu bringen, und Sex braucht man nicht nachzuweisen, kann man ja gar nicht, wenns keiner war, deswegen kann man sich noch so sehr davor hüten und ihn sogar komplett vermeiden, man kann trotzdem nicht sicher sein, ob man nicht jemanden in der Nähe hat, der ankommt und einem Sex anhängt, und

dann ist man auf der Stelle vom Fenster geschoben und abgehängt, aber damals sagte man noch nicht Mobbing, weil man Mobbing erst sagt, seit die Leichen aus den Kellern ausgegraben sind und so viele Leichen waren, daß das alte Wort nicht mehr reichte, sondern ein neues hermußte.
Nur für Ausrotten und Verrecken, dachte ich, haben sie noch kein neues.

Jolanda hatte angefangen, den Salat zu waschen, das Wasser lief, nebenan saß Simmy vor dem Fernseher und würde bestimmt heute abend eine Million gewinnen.
Ich sagte, ich weiß nur, wer es nicht war.

Ich hatte Serge gefragt, ob er Eddie davon erzählt hatte, und Serge hatte gesagt, wie hätte ich darauf kommen sollen. Mike war etwas betrunken. Sarotti ist das eine, und ich hätte keine Lust gehabt, Eddie daran zu erinnern, aber Kokain ist was anderes. Ich kam nicht darauf.

Jolanda sagte, habt ihr noch Olivenöl, und ich sagte rechts oben hinten.
Simmy kam rüber, weil Werbepause war, und holte sich das Glas Nutella.
Ich sagte, nicht vor dem Essen und nicht in unserem Zimmer.
War sonst noch was außer Mathe.
Nö, sagte sie. Dann entdeckte sie das japanische Kochbuch auf dem Küchentisch, und ich erzählte, wie es im »Nagasaki« gewesen war. Als ich bei der Eierspeise angekommen war und

soeben der Mann links neben mir gesagt hatte, ach du liebe Scheiße, und gerade aufstand, hob Simmy mit spitzen Fingern das Kochbuch hoch und verzog das Gesicht, und ich sagte, keine Sorge, morgen gibts Eierkuchen mit Spinat.

Hast du eigentlich Harry Potter gelesen, fragte Simmy, und Jolanda drehte sich um.

Sollte ich, sagte sie, und Simmy sagte, unbedingt.

Dann erzählte sie uns Harry Potter und vergaß einen Moment lang, daß sie das Buch soeben erst geschenkt bekommen und ihre bisherige Lektüre vornehm verschwiegen hatte und daß sie außerdem Millionärin werden wollte, aber irgendwann fiel es ihr wieder ein, und sie sagte, kann man nicht so erzählen, muß man schon selber lesen.

Während des Essens erzählte Jolanda uns die furchtbare Geschichte, wie sie bei Wasser und Brot gehalten worden war, das Wasser hatte nach der Eierspeise geschmeckt, die ich heute in Japan gegessen hatte, und das Brot sei ganz hart gewesen.

Wasa, sagte Simmy probeweise, aber es war altes gammeliges Schwarzbrot gewesen, einmal sogar voller Schimmel, aber dann habe sie ein freundlicher Zauberer schließlich erlöst und mit seinem silbernen Cadillac an einen geheimen Ort mitten im Wald gefahren.

Simmy sagte, das glaubst du selbst nicht. Cadillac. Aber Jolanda beteuerte empört, es sei wirklich einer gewesen, und an dem geheimen Ort mitten im Wald gab es Forellen und Wildschweine und Wildschweinbraten.

Die Armen, seufzte Simmy, dann erinnerte sie sich daran, daß

sie schon zu groß dafür ist und außerdem Kalbsnieren ii findet, aber der Teller war schon halb leer.
Wenn ich nicht gewußt hätte, daß es Nieren sind, hätte ich nichts gemerkt, sagte sie, um sich dafür zu entschuldigen, daß sie soeben versehentlich einen halben Teller ii gegessen hatte, und Jolanda sagte, als du klein warst, mußte dein Vater dir jede Banane zum Krokodil schnitzen, sonst hast du sie nicht gegessen.
Aber Simmy ist schon wieder groß und erinnert sich nicht daran.
Vier Wochen ohne Nachrichten, sagte Jolanda nach dem Essen, und ich sagte, das ist nicht dein Ernst, sie hatten keine Fernseher.
Schon, sagte Jolanda, in einem Gemeinschaftsraum.
Ich sagte, und.
Gemeinschaftsraum, sagte Jolanda, wenn ich das Wort nur höre.
Wir gingen rüber und sahen die Nachrichten, und nach den Nachrichten wußte ich, warum Rosalie mich gebeten hatte, Serge auszurichten, er möge sie wegen San Sebastian anrufen, und daß der Anruf überflüssig gewesen war, weil Serge natürlich in Valencia gehört und gelesen hatte, was passiert war, und folglich wußte er, daß er morgen nicht nach San Sebastian, sondern nach Hause fahren würde, falls sie so knapp einen Flug buchen könnten, aber sie würden einen Flug kriegen, weil es nicht Urlaubssaison, sondern November war.

Er hätte auch heute in San Sebastian und morgen erst in Valencia sein können, dachte ich, weil das Festival schon heute angefangen hatte und bis Sonntag abend dauern sollte, und Valencia war erst im letzten Moment noch dazugekommen. Das reinste organisatorische Chaos in Spanien, hatte Serge gesagt, als Rosalie ihm schließlich die letzte Planung gefaxt hatte.

Mich schauderte, als ich merkte, daß ich froh war.
Kurz nach den Nachrichten klingelte das Telefon.
Simmy sprang auf.
Für mich, sagte sie.
Ich sagte, vielleicht.